Ennio Flaiano

Allein mit Giorgio

Ennio Flaiano

Allein mit Giorgio

Roman

Aus dem Italienischen und mit einem Nachwort
von Ragni Maria Gschwend

Verlag Klaus Wagenbach Berlin

Die italienische Originalausgabe erschien 1970 unter dem Titel *Melampus* in dem Band *Il gioco e il massacro* bei Rizzoli in Mailand, die erste deutsche Ausgabe 1993 unter gleichem Titel im Beck & Glücker Verlag in Freiburg/Breisgau. Für diese Ausgabe wurde der deutsche Titel der Verfilmung von Marco Ferreri aus dem Jahr 1972 gewählt.

Wagenbachs Taschenbuch 659

Emser Str. 40/41, 10719 Berlin.
Umschlaggestaltung Julie August. Gesetzt aus der Garamond und der Futura von Melina Fernández Temes. Das Karnickel auf Seite 1 zeichnete Horst Rudolph. Vorsatzpapier von Schabert, Strullendorf. Gedruckt auf chlor- und säurefreiem Papier (Schleipen) und gebunden bei Pustet, Regensburg.

ISBN 978 3 8031 2659 7

Ein

Heute haben wir den 2. August 196.. Seit ein paar Stunden bin ich hier in New York, in dieser überaus intimen, geometrischen Stadt, erbaut in babylonischem Stil und von Amerikanern bewohnt.

Gerade erst habe ich in Rom den sommerlichen Verkehr auf den Straßen zum Meer hinter mir gelassen, die kleinen Autos mit dem Schlauchboot auf dem Dach oder dem Kinderwagen und anderen Bündeln, bedeckt von Tüchern, die mir zum Abschied winkten. Und das diffuse Licht des Schirokko, das sich so gut mit dem strengen Dieselgeruch über dem großen Platz des Flughafens verbindet, von dem aus es zu den Langstreckenflügen geht. Hier dagegen hat mich die volle Nachmittagshitze empfangen, jedoch bei klarem und weitem Himmel; dazu die Stille bei der Einfahrt nach Manhattan, in den fast leeren Straßen, zwischen den alten *brownstones* mit ihrer Zugbrückentreppe, den neuen Mammutbauten, den riesigen Warenhäusern, den Cafes, den wegen Ferien geschlossenen Geschäften mit dem Schild *Closed* in den gespenstischen Schaufenstern.

Ein Reklame-Zeppelin überflog die Stadt. Ich habe seit vierzig Jahren keinen Zeppelin mehr gesehen.

Vielleicht habe ich mir deswegen ein Heft gekauft, meine Visitenkarte darauf geklebt: Dr. Giorgio Fabro, und darunter geschrieben: Tagebuch. Ich habe die Absicht, ein Tagebuch zu führen. Kein intimes, kein philosophisches, keines, das etwas über meinen Aufenthalt verriete: ein Arbeitstagebuch. Alles darin festhalten, was für den Film interessant sein könnte. Zum Beispiel: dieser Zeppelin.

Und was das Weitere angeht, so werden wir sehen. Die Langeweile führt zur Literatur, und ich muß damit rechnen, daß ich mich langweilen werde. Ein Filmautor ist ein Versuch der Natur, die Langeweile nutzbar zu machen.

Während des Flugs ging mir ständig ein Wort im Kopf herum: *tripulacion*, was auf spanisch soviel wie Besatzung heißt. Portugiesisch: *tripulação*. Die Mitglieder der Besatzung: *tripulantes*, in beiden Sprachen. Es muß das gleiche Wort sein, das auch Kolumbus nicht aus dem Kopf wollte. *Todos os tripulantes sabem utilizar estas mangias de salvação*. Das steht in den Rettungsanleitungen, für den Fall eines Absturzes über dem Meer.

Es sind immer die Details, die mich faszinieren. Von der ganzen Ankunft mein Name, wiederholt ausgerufen von einem jungen Mädchen, das mir eine Nachricht von Florence Baker mit der Adresse des Hotels übergeben sollte. Das junge Mädchen hatte das reine und klare Gesicht bestimmter großer Engelsfiguren und die überirdische Stimme der Lautsprecher ... Aber die Flughäfen sind ja die Kathedralen der modernen Zeit.

Florence Baker: Ich frage mich, was für ein Typ sie wohl ist. Zwischen dreißig und achtunddreißig, noch jung, wenn sie lacht. Sie kennt Italien; ihre Erfahrung muß sommerlich und strahlend gewesen sein, sie betrachtet mich, als ob auch ich dazu beigetragen hätte, mit einer Komplizenhaftigkeit, die zwischen uns sofort die Vertraulichkeit von Leuten schafft, die sich gegenseitig akzeptieren. Florence ist von der sauberen Hübschheit (Ergebnis zwangloser Pflege) einer alleinstehenden Frau; einer Frau, die unter Männern arbeitet und jeden Tag durch ihre Unkompliziertheit überzeugen muß.

Ich kann mir vorstellen, daß sie sich oft umzieht. Ich sehe sie bereits in ihren gutgebügelten Kattunkleidern, ganz ohne Schmuck, oder mit irgendeiner aztekischen oder indianischen Brosche oben an der Schulter, wie ein geheimnisvolles erotisches Emblem. Oder auch in altmodischen Blusen, oder plötzlich ganz salopp, in Hosen und Pullover, den Blick noch schwer vom letzten Kater.

Wir entkorken eine Flasche, um auf unsere zukünftige Arbeit anzustoßen, diese Arbeit, vor der mich unvermittelt das Entsetzen packt, wenn ich nur daran denke. Ich habe sie übernommen, ohne in Betracht zu ziehen, daß sie mir von Tag zu Tag unmöglicher erscheinen würde; schon am Flughafen, beim naiven Lächeln des *policeman*, der mir den Paß zurückgab und mir viel Spaß wünschte, unter diesen wappengeschmückten Fahnen und dann auf der Fahrt zur Triborough Bridge habe ich gespürt, wie es in meinem Optimismus zu knirschen begann.

Florence Baker versteht es, mit Ruhe zu trinken; sie hält sich manchmal das Glas an die Stirn, um sich kühl und unglücklich zu fühlen, und ihr Blick verliert sich für einen Augenblick ins Leere, in die Leere der alleinstehenden Frauen. Ich habe ihr gesagt, daß ich mich morgen ausruhen wolle. Sie hat mir ihre Telefonnummer auf den Schreibtisch gelegt: Sollte ich es mir anders überlegen, bräuchte ich sie nur anzurufen, sie stehe praktisch zu meiner Verfügung, dafür werde sie schließlich bezahlt. Doch da übermorgen Samstag ist, wird man erst am Montag weiterreden; und in dem Augenblick ist mir klargeworden, daß ich drei Tage allein sein werde. Als sie mich verließ, hatte Florence Baker mich bereits als das eingeschätzt, was ich bin: ein Faulpelz von wankelmütigem Charakter, und beim Hinausgehen löschte sie die zum Empfang eingeschaltete Festbeleuchtung. Sie hat gemerkt, daß ich es nicht gewöhnt bin, mit einer Sekretärin zu arbeiten. Auf dem Weg zum Lift holte ich sie ein.

»Wenn ich es mir recht überlege«, sagte ich zu ihr, »könnten wir uns morgen nachmittag um drei treffen.«

Ich schaute zu, wie das Wasser in die Wanne lief, und betrachtete mich im Spiegel: Ich habe das gleiche müde Gesicht wie »die anderen«. Nach dem Bad inspizierte ich, wie es die Katzen tun, das Appartement, öffnete sämtliche Schubladen, die Schränke, die eher Kammern waren, probierte alle Lichter aus, die Federung der Couch und des Betts. Keinerlei Spur vergangener Präsenzen, nur der heimtückische Geruch nach Mottenpulver; alles scheint für mich in Ordnung gebracht – und alles ziemlich beunruhigend. Ich verspüre bereits Lust, mich wieder davonzumachen.

Der gestrige Tag lag unter einer Glocke von Dumpfheit. Ich habe bis Mittag geschlafen, einen Schlaf, der gar kein Ende nehmen wollte, voller Träume, die immer wieder von vorn anfingen und sich schließlich alle miteinander vermischten, als ob sie im Kreisen aus ihren Angeln gesprungen wären.

Meine Uhr zeigte noch die römische Zeit, sechs Stunden später als hier. Da unten fing es jetzt an, Abend zu werden, und die kleinen Autos kehrten vom Meer in die Stadt zurück, zu den bescheidenen Freuden der Trattorien im Freien; alles bereit für das Aufgehen des nächtlichen Vorhangs in den volkstümlichen Vierteln, zwischen dem Rot der Wassermelonen und den Touristen. Auf den Giebeln der Barockkirchen, die die Tische überragen, haben die Engel einen Fuß in der Luft, als wollten sie für einen Augenblick herunterkommen. Andere blasen auf einer Trompete, und wieder andere halten eine Fackel.

Ich hatte überhaupt keinen Hunger, und als ich den Himmel betrachtete, merkte ich, daß er trüb und drohend aussah: Der Schirokko, oder was immer an seiner Statt, hatte mich eingeholt. Im Drugstore an der Ecke nahm ich einen Imbiß auf amerikanisch zu mir. Aufmerksam schaute ich zu, wie mein Hamburger unter den anderen auf der Platte bruzzelte, und der Koch sah mich an und versuchte mich irgendwie einzuordnen, ohne jedoch zu einem Schluß zu kommen. Dann bin ich um den Häuserblock herumgegangen, auf der Fifth Avenue gelandet, und vor dem Metropolitan Museum war ich versucht hineinzugehen, fand aber nicht die Kraft dazu. Um eins lag ich bereits auf meiner Couch und wartete in einem Meer von Zeitungen auf Florence Baker. Ich wachte erst auf, als sie sich Punkt drei anmelden ließ. Sie gab sich diesmal zurückhaltender, geschäftlicher, was mich verstimmte. Immerhin milderte ihre pfirsichfarbene Bluse den kurzen Schnitt der blonden Haare. Sie hatte eine Schreibmaschine dabei und einen Notizblock, deponierte beides auf dem Tisch und verschanzte sich dahinter, wartend. Nach einer Weile sagte sie: »Mister Fabro, ich bin bereit.«

Ich erklärte ihr, daß es bei unserer Arbeit nicht ohne längere Schweigepausen abgehen werde, an die wir uns gewöhnen müßten, und auch nicht ohne eine gewisse Vertrautheit. »Ich möchte nicht, daß Sie sich unnütz fühlen, wenn Sie nicht auf der Maschine tippen oder sich Notizen machen. Es wird schon noch der Moment kommen, in dem Sie mir eine Hilfe sein werden, ja Ihre bloße Gegenwart ist mir bereits eine Hilfe. Wenn unsere Arbeit Erfolg hat, dann wird das zum großen Teil Ihr Verdienst sein.« Und so weiter.

Amerika: Ich habe alles über Amerika begriffen, am ersten Tag, an dem ich zum erstenmal dort ankam; aber jetzt begreife ich nichts mehr.

Florence Baker setzte sich auf die Couch und rauchte. Sie sah aus wie jemand, der sich auf ein Spionageangebot eingelassen hat und es sich nun in Erwartung romanhafter Konsequenzen bequem macht. Was ich an ihr bewunderte, war die Geradlinigkeit der amerikanischen Frau, deren Aufrichtigkeit immer etwas Kindliches und Entwaffnendes behält, dieses Bedürfnis nach einer Philosophie, die sie beständig realisiert sehen möchte: der Glaube an das Gute als etwas Erreichbares, der sicher auch noch ihren nackten Körper keusch erscheinen läßt. Tatsächlich war mir, als sähe ich sie bereits nackt, hingekauert auf die Couch wie eine wohlerzogene Nymphe auf den Felsen bei der Quelle. Sie hatte sich die Schuhe ausgezogen, um mir zu bedeuten, daß sie sich wie zu Hause fühle.

»Ist es noch zu früh zum Trinken?« fragte ich.

Und sie, mit plötzlichem Eifer, bereit, mir in allem behilflich zu sein: »O nein.« Und sie stand auf, um das Nötige aus dem Kühlschrank zu holen.

Wir haben über Theater gesprochen, über Ferien, über alleinstehende Frauen. Sie teilt ihre Wohnung mit einer Freundin und hatte eigentlich vor, mit einem Freund nach Mexiko zu fahren, wenn ihr diese Arbeit nicht dazwischengekommen wäre. Die alleinstehenden Frauen! Unten, im Drugstore, quoll der Bücherständer über von erotischen Neuheiten, die bereits wieder verramscht wurden: *Sex and the single girl, Sex and the collegegirl, Sex in the office* ... Ich fühle mich der Langeweile solcher Lektüren nicht gewachsen, obwohl sie doch für meine Arbeit von Interesse sein könnten. Florence Baker hat mir deren albernen und vulgären Geist einer nach Kategorien unterteilten *ars amandi* kurz vor Augen geführt.

Ich kopiere, was ich mir auf der Rückseite der Bordspeisekarte über den Film notiert habe:

Immer daran denken, daß ein Film ein Kunstwerk ist (wenn auch nicht notwendigerweise), das allein in der vierten Dimension lebt, der Zeit. Ein Kunstwerk von drei Zentimetern Höhe und mindestens zweieinhalb Kilometern Länge. Die Durchlaufgeschwindigkeit ist festgelegt: eintausendsechshundertfünfundvierzig Meter in der Stunde.

Es gibt zwei bereits vorgezeichnete und bequeme Wege: den von den Brüdern Lumière eröffneten und den von Georges Méliès. Den realistischen Weg: der Zug, der in den Bahnhof von La Ciotat einfährt und ›immer wieder‹ überrascht (in seinen verschiedenen Variationen: Flugzeug, Auto, Schiff und schließlich Krieg, Revolution, Konflikt), und den phantastischen: der Pappmond, der Nordpol, das surrealistische und avantgardistische Requisitenarsenal, die Ironisierung des Menschen, der Mythen, die Komik (die in der Natur nicht vorkommt, sondern eine Deduktion des Menschen ist) und so weiter.

Es ist keineswegs unerläßlich, einen dieser Wege einzuschlagen. Besser wäre es, einen dritten als Leitkomponente zu erfinden, das heißt einen, der zu einem anderen Resultat des Staunens führt, dem der Träume und der Kunst.

Die ungeheuer dicken Sonntagszeitungen sind schon vom Samstagabend an im Verkauf. Um nicht unter ihnen begraben zu werden, nehme ich die Literaturteile und die Seiten mit den Veranstaltungen heraus, der Rest landet in der Kammer für die Koffer. Die Einsamkeit weckt in mir den Wunsch nach Ordnung. Ohne Florence Baker, von der ich vermute, daß sie ihr Weekend in irgendeinem Motel an der Küste verbringt, habe ich beschlossen, ins Theater zu gehen. Die Masse von Angeboten ruft in mir einen für das moderne Leben typischen Ekel hervor: den Ekel vor der totalen Information. Meine Unentschlossenheit ist nur noch komisch, wenn ich zwischen vierzig Theaterstücken wählen soll. Schließlich schlage ich *Cue* auf, eine kleine Zeitschrift mit erläuternden Angaben zu den Stücken. Die Inhalte werden darin mit einer Kälte aufgelistet, die sie lächerlich macht und einem den Appetit auf die Phantasie der Autoren verdirbt. Ich kann jene Eremiten von früher gut verstehen, die sich (und dabei konnten sie oft nicht einmal lesen!) der Lektüre eines einzigen Buches hingaben. Aber auch hier stellt sich das Problem der Wahl: welches Buch? Oder wäre es vielleicht am weisesten, wie Bouvard und Pécuchet das schlechteste von vielen Büchern zu kopieren?

Ich ziehe aufs Geratewohl los, entschlossen, in irgendein Theater zu gehen, das erste, bei dem man die Eintrittskarten nicht per Post oder über eine Agentur vorbestellen oder sich anstellen muß. Denn um es klar zu sagen: Ich habe aufgehört zu kämpfen. Vorsichtshalber habe ich mir die Adresse eines Theaters abseits vom Broadway notiert, in einer Straße des Westens. Dort gibt es eine kleine Bühne für Psychodramen, sicherlich mit wenig Zuschauern, da werde ich ohne Umstände hineinkommen.

Die Realität übertrifft noch meine Hoffnungen: Tatsächlich finde ich mich vollkommen allein in einem kleinen dunklen Zuschauerraum. Vor lauter Eile habe ich beim Hineingehen nicht einmal das Programm angesehen, aber es gibt auch gar keins. Und zu spät bemerke ich, daß der Organisator dieses Spektakels gerade mit mir rechnet, damit das Spektakel überhaupt stattfinden kann. Wenn ich wollte, könnte ich auf die Bühne steigen und sofort, ins Leere hinein, all das erzählen, was mir gerade durch den Kopf geht. Die Frage, auf die ich mir hinterher eine Antwort geben müßte, wäre lediglich: Bin ich im Theater gewesen oder nicht?

In einem absoluten Sinn: ja, ich wäre dort gewesen. Wenn das Theater eine Form von Kunst ist und die Kunst heute eine Art zu leben, etwas, das überall sein kann, in uns und außerhalb von uns, nicht notwendigerweise mit einem erdachten und ausgeführten Produkt zu identifizieren, sondern sogar mit etwas, das schon da ist und das wir isolieren, dann ist klar, daß auch das Schweigen dieses Theaters, die Leere seines Zuschauerraums und der Bühne ein Schauspiel sind, über dessen dramatischen Wert jede Diskussion müßig wäre. Mich tröstet, was sich in den visuellen Künsten tut, wo die Kritik interessanter und diffiziler geworden ist als die Kunst selbst und eine gewisse Kunst überhaupt nur besteht, weil sie von der Kritik realisiert wird. Wenn es dann etwas ist, mit dem wir leben, irgendein moderner Komfort, nicht exakt isolierbar und vielleicht nicht einmal definierbar, sondern vielmehr das bloße Bemühen, im Warmen und gutgenährt zu leben, zu kommunizieren, keine Dummheiten zu machen, also dann ist dieses Theater, bei dem nichts aufgeführt wird, geradezu Honig für meine Ohren, die Gewißheit, daß es keine anderen Probleme gibt als die, die wir uns selbst stellen könnten. Es ist letzten Endes die Annullierung des Theaters, Symptom dafür, daß die Gesellschaft perfekt ist, sich völlig im alltäglichen Leben realisiert hat, in der Betrachtung ihres mysteriösen Sieges über die Natur. Was, vielen Anzeichen nach, bereits der Fall sein könnte.

Aus diesen Gedanken reißen mich weitere Zuschauer, die hereinkommen. Nach einer halben Stunde, als angesichts der vorgerückten Zeit klar ist, daß niemand mehr erscheinen wird, und die Zuschauer während des Wartens bereits angefangen haben, einander zuzulächeln und sich kleine Gefälligkeiten zu erweisen wie den Austausch von Plätzen, Streichhölzern und Bemerkungen über das Wetter, da erscheint auf der Bühne ein lässiger junger Mann: der Direktor oder Regisseur des Spektakels. Ihm folgt ein finsteres, zu allem fähiges Individuum, das vielleicht beauftragt ist, uns beim geringsten Anzeichen von Unduldsamkeit oder Alkoholismus an die Luft zu setzen. Es hält sich im Hintergrund der Bühne und läßt uns nicht aus den Augen.

Unsere Aufmerksamkeit erwacht. Der Direktor weiß, daß wir reif sind für jede Eventualität; auf sanfte Weise hörig gemacht, gäben wir uns auch mit ein paar Geschichtchen zufrieden, wenn man uns nur von der Notwendigkeit entbände zu wählen. Statt dessen erweist er sich als ein junger Mann voll Wißbegier. Mit der Huld eines Zeremonienmeisters, der uns in Kürze der Königin präsentieren soll und sich daher über unsere Person informiert, will er alles über uns wissen, wer wir sind, woher wir kommen. Hin und wieder blickt er uns lächelnd an, um herauszufinden, ob wir lügen. Dann geht er zu allgemeinen Fragen über, ob uns das Leben gefällt, ob uns

New York gefällt. Als er vor mir haltmacht, sage ich ihm, daß ich aus Rom komme. *»Ah, 'taliano«*, äußert er beifällig. Das Gedächtnis übermittelt ihm rasche Informationen: *carabinieri, un fiasco di vino, amore disordinato e caratteristico, bel canto, cucina familiare.* Er fragt mich, warum ich in New York bin, und zu meiner eigenen Überraschung antworte ich ihm, wie einem Zauberer, mit der schlichten Wahrheit, derselben, die mir seit ein paar Tagen Entsetzen einjagt. Gleich darauf behaupte ich, nur Spaß gemacht zu haben, aber er glaubt mir nicht; vielmehr ist ihm meine indiskrete Offenheit selbst peinlich. Die anderen haben sich alle zu mir gewandt. Von jetzt an wird jede weitere Antwort kindliches Gelächter bei den Zuschauern hervorrufen, die nicht befragt werden, ja die der Direktor absichtlich vernachlässigt. Denn schließlich ist klar, daß wir nicht fünfzehn Zuschauer sind, sondern fünfzehn Akteure, zu allem bereit, um den Regisseur nicht zu enttäuschen, jeder mit einem eigenen Drama, das nur darauf wartet, gespielt zu werden. Aber es ist auch klar, daß heute Abend nur ein Drama unter den vielen zur Aufführung gelangen kann und daß einige von uns ohne Rolle bleiben werden.

Der Anfang verspricht weniger als das Vorspiel: Drei Mädchen sind jetzt auf der Bühne, schauen sich an und wissen nicht, was sie tun sollen. Der Direktor hat sie aus der Gruppe ausgesucht und hält sich abseits, in Erwartung, daß irgend etwas passiert. Er weiß, daß die Zeit für ihn arbeitet und daß nach dem ersten Verlegenheitsgekicher, nach den ersten wie eine Herausforderung an die Stille ins Leere gesprochenen Sätzen irgend etwas passieren wird. Er weiß, daß der moderne Held nicht mehr das Opfer einer göttlichen Verschwörung ist, sondern lediglich das Produkt seiner eigenen Hemmungen. Der Mensch kämpft nicht mehr gegen das Fatum, sondern ist ein armer Laokoon, das lächerliche Opfer zahmer Schlangen, die ihm überallhin nachfolgen und ihn nicht ersticken, sondern nur vor schlechtem Umgang bewahren wollen. Und der Mensch weiß nicht einmal, ob er glücklicher wäre, wenn es ihm gelänge, sich von den Schlangen zu befreien – oder ob nicht vielmehr die Schlangen sein eigentlicher Lebensgrund sind.

Nach einer Viertelstunde vergeblichen Wartens (um rechtzeitig zu kommen, habe ich nicht zu Abend gegessen!) beginnt eines der Mädchen, Anzeichen von Dramatik zu entwickeln. Sie ist die hübscheste von den dreien, ja geradezu eine Schönheit. Um die zwanzig. Sie wird lebhaft, will ihr Drama erzählen: das eines Mädchens, das ein Kind erwartet und erlebt hat, wie rasch sich das Gesicht ihrer gesellschaftlichen Umgebung verändert; das entdeckt hat, daß es in einer Familie lebt, die es haßt und von der es gehaßt wird.

Der Direktor billigt den Ansatz, und er hat auch gar keine andere Wahl, wenn er den Abend voranbringen will. Er fragt das Mädchen nach ihrem Namen. »Joan«, antwortet sie, »Joan Baldwin.« »Sehr gut, Joan, fangen wir an.« Und sie: »Mit dem ersten Erbrechen oder mit der Untersuchung beim Doktor?« Und der andere, nachsichtig: »Wenn Ihnen die hygienischen Präliminarien unerläßlich scheinen, dann bitte.«

Eine Woge von Argwohn erhebt sich zwischen ihr und dem Zuschauerraum: Worauf will die hinaus? Um ihr Drama nachzuleben, benötigt sie weitere Anwesende in der Rolle der Verwandten. Auch der Hinweis auf meine unvollkommenen Sprachkenntnisse bewahrt mich nicht davor, auf die Bühne steigen zu müssen. Meine resignierte Reaktion wird mit Applaus quittiert; es ist offensichtlich, daß ich es bin, dem der Part des Komikers zufällt. Ich danke und nehme im Hintergrund der Bühne Platz, neben dem finsteren Ordnungsindividuum. Dieses stößt mich mit dem Ellbogen an und gibt durch wiederholtes Heben der Augenbrauen und durch Lächeln seine Zustimmung kund, geht aber weder auf seine eigene Herkunft, eindeutig pirandellianisch (oder jedenfalls aus dieser Gegend), ein, noch will es Näheres von mir wissen.

Das Stück geht weiter, mit Pausen von tödlicher Langweile und Verlegenheit. Das Thema ist zu exemplarisch und bereits in der Ankündigung erschöpft. Ich nutze einen Augenblick, in dem alle schreien und im Begriff sind, übereinander herzufallen (das Mädchen hat der Familie gerade seinen Fehltritt mitgeteilt), um im Dunkeln zum Hinterausgang und in die Wärme einer nächtlichen Gasse zu schlüpfen. O Himmel von New York, du bist Zeuge meiner Schande! Voll Reue kehre ich ins Theater zurück und finde alle in bestem Einvernehmen miteinander; es wird sich aus all dem keinerlei Schluß ergeben, dieses Embryo eines Dramas konnte nur als die Negation jeglichen Schlusses Gültigkeit haben, es war nichts anderes als ein in einen Teich geworfener Stein. Ich erhalte wiederum Applaus.

Vielleicht lag die Qualität der Darstellung in ihren negativen Momenten, in den langen vorbereitenden Stadien des Schweigens, im Fehlen eines Autors, der dem Drama eine abgeschmackte Form hätte geben können, ja sogar im Ausbleiben einer Katastrophe, die bereits angekündigt und ausgestanden war – und daher nicht einmal dem Regisseur für seine Theater-Gags dienen konnte, dazu, uns als Marionetten zu benutzen. Ein Schauspiel solcher Art, das sich jeden Abend wiederholt, immer in der Erwartung, daß das Theaterwunder geschieht, kann statistisch von Wert sein, wenn man es unter dem Gesetz der großen Zahlen sieht. Eine Million solcher Schauspiele kann etwas aussagen, kann sicherlich dazu beitragen, eine Wahrheit zu fixieren, nämlich die einer Gesellschaft, die einen Autor sucht. Beim Stegreifspiel, sei es nun für den Regisseur oder für den Psychoanalytiker, nehmen wir weder am Sieg des Dichters noch an dem der Schauspieler teil, sondern vielleicht an der Niederlage aller; und da die Niederlage uns gefällt, machen wir weiter.

Bei meiner Rückkehr ins Hotel habe ich eine Nachricht von Florence Baker vorgefunden. Sie will mich morgen früh um neun abholen, um mit mir ans Meer zu fahren.

Im Bett kehren meine Gedanken zu dem Abend zurück und zu diesem so eigenwilligen und selbstvergessenen Mädchen auf der Bühne, das sein Drama vorstellte. Ich war am Schluß versucht gewesen, sie zu fragen, ob ich sie begleiten dürfe, aber sie lief ganz schnell weg, und bis ich herauskam, war sie schon verschwunden. Sie hatte etwas an sich, das mich angezogen hat, diese extreme Selbstsicherheit, diese Art, mit der sie uns als ihre exklusiven Zuschauer betrachtete, diese Ungezwungenheit, sich öffentlich auszukotzen – was einem mediterranen Katholiken immer suspekt erscheint.

(Und jetzt, da ich diese Zeilen aus dem Abstand der Zeit wiederlese, jetzt, da ich alles weiß, sehe ich in dieser Begegnung keinen bloßen Akt des Zufalls. Oder ich sehe den Zufall als ein System intelligenter Kombinationen von Möglichkeiten, das uns glauben läßt, wir wären frei, und uns dabei doch nur auf ein von unserem Charakter fest vorgezeichnetes Gleis drängt.)

Um alles hat sie sich gekümmert, Florence Baker. Sie hat ein schwarzes Kabrio gemietet und war um neun da, um unten auf mich zu warten. Wäre sie mit Freunden gekommen, hätte ich eine Ausrede gefunden, um nicht mitfahren zu müssen; aber sie war allein, in alten blauen Hosen, mit blauer Brille und der Tasche mit den Sachen fürs Meer. Auf dem Rücksitz des Kabrios lag ein Hund, ein Cockerspaniel, der mich mißtrauisch beschnupperte, ohne mit dem Schwanz zu wedeln.

»Das ist Melampus«, sagte Florence Baker. Sie hat ihn erst vor kurzem geschenkt bekommen. Ich fürchte, daß diese Vorstellung auf die Präsenz des Hundes während unserer Arbeitssitzungen hindeuten soll, nun, wie auch immer … Während sie fuhr, fühlte ich mich geradezu in einer familiären Situation, doch es war klar, daß Florence Baker mir nur die Orte zeigen wollte, die sie liebt. Die Autobahn nach Westport verlief zwischen dem Grün ausgedehnter Wiesen und jahrhundertealten Eichen, mit hübschen grauen Steinbrücken und als Cottages getarnten Tankstellen, Thoreau mit ein bißchen Technologie, ausreichend solid, um mich aufzumuntern. Im Radio kam Debussy, natürlich *Les Nuages*, und dann noch anderes von Debussy, bis zur Ankunft in Westport. Alles licht, weit, undramatisch. Die Stadtbibliothek mit den großen Fenstern, die Feuerwache mit ihren roten Autos, bereit für den Brandeinsatz, ein Bronzestandbild, das chinesische Restaurant, in dem wir zu Mittag aßen. Was sonst noch? Blonde barfüßige Kinder, die von prächtigen barfüßigen Mädchen über die Straße geführt wurden. Die Sommervillen bereits hergerichtet für ein besseres Leben unter hängenden und erstaunten Bäumen, den Bäumen der naiven Maler.

Dann ein Blick aufs Meer, vom Sound aus, mit der Silhouette von Long Island gegenüber, aber der Parkplatz war voll. Florence Baker hatte sich das offenbar gewünscht: Sie wendete das Kabrio landeinwärts, und ohne zu reden, gelangten wir über Landstraßen zu einer Villa (eine Mischung aus Palladio- und Kolonialstil) von solidem Reichtum; sie kannte die Tochter des Besitzers.

Eine kleine Gesellschaft Snobs von einfachem Geschmack hat uns freundlich aufgenommen. Ich spielte Bumerang mit einem jungen Mann, der der Liebhaber der Tochter des Besitzers ist. Sie selbst dagegen malt Temperabilder von einem temperierten Surrealismus für Millionäre. Florence Baker hat gefragt, ob man in dem leeren Swimmingpool baden dürfe, und sie trieb auch für mich eine Badehose auf. Den Swimmingpool erreicht man vom Innern der Villa aus über eine Galerie. Nach einer Stunde waren wir es leid, allein in dieser privaten Immensität herumzuplanschen, und kehrten über die Galerie wieder ins Haus zurück. In der Halle kam uns die Tochter des Besitzers entgegen und bat uns, die Dienerschaftstreppe zu benutzen. Es sei eine Negertänzerin angekommen, und wenn sie uns im Badeanzug sähe, käme sie vielleicht auch auf den Gedanken, baden zu wollen. »Nicht daß ich etwas dagegen hätte, daß Jane den Swimmingpool benützt«, meinte sie, »aber wenn sie es tut, dann kündigen die Köchin und das Zimmermädchen auf der Stelle.«

Jane ist sehr schön, und während wir Chansons hörten, sagte sie zu mir: »Was wissen die jungen Leute schon von der Liebe? Sie reden soviel davon in ihren Liedern, sie küssen sich, sie schlafen auch miteinander, aber was begreifen sie?« Sie ist zwanzig.

Auf der Heimfahrt war ich müde von dem langen Tag im Freien und bin eingeschlafen. Ich spürte jedoch Florence Baker am Steuer, wachsam und verantwortungsbewußt, erfreut über diesen höchsten Vertrauensbeweis, nämlich daß man einschläft, während ein anderer fährt.

Auf der Suche nach Motiven ein anderes Weekend, in einem großen Hotel von Catskill, im Norden, hundert Meilen von New York entfernt. Ein Riesenkasten, der zwei- oder dreitausend Leute aufnehmen kann, die nur aus einem einzigen Grund hierherkommen: um für ein paar Nächte Bekanntschaft zu schließen oder, in den schlimmsten Fällen, sich für immer zu verbinden. Der größte Teil der begeisterten Gäste, ja ich glaube sogar alle, sind junge Juden.

Wir kommen am Samstagnachmittag an, nach zwei Stunden Fahrt, über weite Strecken hin mustergültige Hügel und in der Ferne, am Horizont, riesige Wälder, aus denen sich Rauchfahnen erheben, vielleicht Brände. Der Hund Melampus immer auf dem Rücksitz, Florence Baker am Steuer.

Unsere Zimmer liegen in zwei verschiedenen Dependancen, beim Abendessen geraten wir an verschiedene Tische. An meinem Tisch nichts Außergewöhnliches: kleine Angestellte, Verkäuferinnen, Mädchen, die nicht zuletzt auf eine rasche Heirat hoffen, gerissene junge Burschen, die die Gelegenheit beim Schopf packen wollen; die Durchschnittsklasse deprimiert mich, weil sie lediglich an die Resultate glaubt. Es herrscht ein reger Austausch von Adressen, jeder prüft die Möglichkeit, mit seiner unbekannten Tischnachbarin etwas anzufangen. Ein Riese, der mit der Army in Italien gewesen ist, schaut mich verschwörerisch an und deklamiert seine paar Brocken Italienisch: *»acqua fresca, vino puro …«*, und bei der zweiten Zeile (von längst vergessener Vulgarität) zieht er mit dem Finger den Augenwinkel herunter: Er hat nichts dagegen einzuwenden.

Vor dem Abendessen, Punkt sieben, Öffnung der riesigen Bar, mit Schlangen vor der Theke wie an den Eingängen eines Fußballstadions. Nach dem Abendessen eine endlose Veranstaltung im Theatersaal: Ein humoristischer Conferencier plaudert vor der zusammenströmenden Gesellschaft über seine Koexistenzprobleme, im gefälligen Ton eines Comicstrips. Vorhersehbares Gelächter in Intervallen, das laute, konstante, wellenförmige Lachen des amerikanischen Publikums.

In den Wandelgängen des überdachten Swimmingpools proben fünf junge Leute einen sentimentalen Schlager, *Falling for you* oder etwas ähnliches, mit Klavier, Kontrabaß und Schlagzeug. Hier treffe ich Florence Baker wieder, und wir fallen uns um den Hals, aufrichtig froh, uns wiedergefunden zu haben.

Seltsame Unterhaltung mit einer Dame mittleren Alters abruzzesischer Herkunft, die in ebendiesem Hotel Unterricht in Orthophonie gibt. Um sich deutlicher zu erklären, sagt sie mir: »Ich bringe diesen Christenmenschen bei, den jüdischen Akzent zu verlieren.« Die meisten Juden, die nach dem Krieg aus Europa gekommen sind, haben einen deutschen oder polnischen Akzent, den sie loswerden möchten; und bei uns in Süditalien heißt »Christenmensch« soviel wie Mensch schlechthin.

Die Nacht im Park ist klar, der Himmel hat die Sterne an der richtigen Stelle, wie in Italien. Ich sehe die Kassiopeia wieder und daneben Andromeda, opaleszierend. Später, in den Korridoren, provoziert die *Commedia d'amore* ein unaufhörliches Hin und Her, Türenschlagen, Überraschungen, Gelächter, Erkennungsszenen, Tableaux – wie in einem zweiten Akt von Feydeau. Die Geschäftigkeit der anderen weckt dunkle Vorahnungen von Langeweile; und dies macht es einem inzwischen unmöglich, irgendeine Gesellschaft zu frequentieren, die nicht natürlich ist oder die zumindest nicht bis zum Hals in unseren eigenen Zweifeln und Aversionen steckt.

Zwei

Ich habe hier einen Freund aus Rom getroffen, Longhi, einen jungen Regisseur. Die Steaks bei Oscar, das Roastbeef nach dem Theater im Algonquin, das Eis bei Flick, wo die halbwüchsigen Serviermädchen im Badeanzug bedienen, die Wallfahrtsstätten des Jazz, das Bummeln in Chinatown, in diesen Straßen, die immer wirken, als ob gerade ein Fest seinem Ende entgegenginge ... Wenn sie keine abendlichen Verpflichtungen hat, begleitet uns Florence Baker. Longhi dagegen schleift die bläßlichen Symbole seiner privaten Verzweiflung mit, jedesmal ein neues Mädchen, das er wie einen für wenige Stunden dem Internat entronnenen Zögling behandelt, mit der Großzügigkeit eines etwas verdächtigen Onkels.

Gestern abend hat er, anstelle der üblichen Überraschung, einen Freund mitgebracht, der, wenn man so will, auch ein Freund von mir ist, eine Bekanntschaft aus Rom. Er heißt Flamini, arbeitet für das Kino und bereitet mit Longhi zusammen einen Film mit einem italienischen Komiker vor, der in Amerika gedreht werden soll. Ein Versuch, unsere Komik zu exportieren. Es ist die Geschichte eines Touristen, der nach New York kommt, davon fasziniert ist und dableiben möchte; und um das tun zu können, gibt es für ihn nur ein Mittel: eine amerikanische Frau heiraten. Die Story ist bereits geschrieben, mit viel Optimismus, und Flamini soll sie durch die Auswahl bestimmter Milieus und Charaktere glaubhaft machen. Er wirkt noch träger als ich, und seine einzige Sorge besteht darin, sich nicht zuviel zu bewegen.

Zu Studienzwecken haben wir mit ihm in einer Art Club zu Abend gegessen, der wie ein hochelegantes Bordell aus dem vorigen Jahrhundert aufgemacht ist, inzwischen aber nur noch für Touristen. Als ich, kaum daß wir uns gesetzt hatten, die Streichhölzer vom Tisch nahm und automatisch einstecken wollte, sagte er lächelnd: »Aha, auch du hast es mit den Streichhölzern.«

(Seit ich hier bin, kann ich nur schwer der Versuchung der Streichhölzer widerstehen. Jeden Abend, wenn ich ins Hotel zurückkomme, lege ich die neuen, in den Restaurants und Cafés zusammengelesenen Heftchen in eine Schublade, doch es bereitet mir eine unerklärliche Scham, meine Sammlung wachsen zu sehen. Es kann sich nur um den Ausdruck eines geheimen Unbehagens handeln, aber ich weiß noch nicht welches, denn ich habe mich nie, auch nicht als Kind, für das Sammeln von Briefmarken, Münzen, Reklamebildchen oder Mineralien interessiert. Ich war eher ein Leser von Atlanten und Landkarten und habe mich seit damals auf das vorbereitet, was ich geworden bin: ein impulsiver Reisender.)

Ich lachte: »Tja, was bedeutet eigentlich diese Streichholz-Manie? Ein erstes Anzeichen von Geiz?«

Flamini: »Das ist auch mein Problem. Ich bin überzeugt, daß wir beide am Prometheus-Komplex leiden, an der uralten Angst, das Feuer zu verlieren, und dem Zwang, es rauben zu müssen, wo immer man es findet.«

Longhi, lachend: »In eurem Alter dürfte es sich wohl eher um die Angst handeln, das männliche Feuer zu verlieren.«

Flamini: »Genau das muß es sein. Das Feuer in den Adern, die feurigen Küsse, das feurige Weib, eine glühende Liebe, eine brennende Leidenschaft … Ganz abgesehen davon, daß der Penis die Form eines Streichholzes hat. Ja, das ist durchaus wahrscheinlich.«

Florence Baker lachte, Flaminis Art, sich nicht aus der Ruhe bringen zu lassen, amüsierte sie. Für eine Weile verlief das Abendessen in Schweigen. Um uns herum schwirrten die Luxus-Kellnerinnen, der eine oder andere der Herren war betrunken, doch die übrigen Gäste schienen bereits resigniert zu haben. Ich kann Vergnügungslokale nicht ausstehen, und ich habe bemerkt, daß auch Flamini sich hier langweilt. Longhi dagegen langweilt sich nie, und Florence Baker fühlt sich überall wohl. Immer wieder kehren meine Gedanken unvermittelt zu ihr zurück, und ich finde sie begehrenswert, gerade wegen ihrer Gelassenheit, wegen ihrer Art, mich mit zusammengekniffenen Augen zu betrachten und sich instinktiv mit den Personen, die uns begleiten, gegen mich zu verbünden. Ich hätte mit ihr allein sein wollen, weit weg von hier.

Von unserem Tisch aus verfolgten wir die Gesangs- und Tanzeinlage der Servier-Damen, kostümiert als *saloon's beauties*, Arme und Beine nackt, den Busen durch das Seidenmieder betont. Eine Wand verdeckte uns die Sicht auf einen Großteil der Vorführungsfläche, und so konnten wir von den vier Damen, die *Chicago, Chicago* sangen, nur die letzte sehen, und selbst die nicht immer: Beim Refrain verschwand auch sie, wie von einer Schnur gezogen, im Gefolge der anderen.

»Ich wäre nie in so ein Lokal gegangen«, sagte Flamini, »es ist nur wegen meiner Film-Figur, die so etwas goutiert. Heutzutage ist ein Drehbuchautor an den schlechten Geschmack seiner Figuren gebunden.«

So glitt das Gespräch auf jenes Verhängnis von Komik, das über unserem Kino lastet, genauer gesagt über unserer nationalen Philosophie.

Longhi, immer mit seinem blubbernden Lagunen-Lachen: »Du darfst dich nicht beklagen. Auch wir drei zum Beispiel sind komische Figuren. Schauen Sie uns an, Florence, und sagen Sie uns, ob wir nicht komisch sind. Ich könnte Pantalone sein, Fabro Tartaglia und du, Flamini, Pulcinella oder Scopettino.«

Wiederum das passende Lachen von Florence Baker. Wir überließen uns dem Thema: Die Figuren, die amüsieren, sind diejenigen, die ehemals im sozialen Unterholz der Commedia dell'arte existierten: Zanni, Frittellino, Spaventa, Scaramuccia, Arlecchino, Scapino, Brighella. Sie spiegeln unsere Realität wider. Inzwischen ist es der »Diener«, der das Sagen hat, und daher erzählen wir seine Geschichte. Wir kommen als komische Figuren auf die Welt. Und warum sollten all die anderen aus unserem Land keine potentiellen Komiker sein? Solange es uns friert, solange wir Hunger und Angst haben, sind wir neorealistisch und erträglich. Sobald wir davon frei sind, bringen wir uns in komische Situationen.

»Zum Beispiel«, bemerkte Longhi abschließend, »sitzen wir drei hier mit Florence, und jeder hofft, noch heute abend ihre Gunst und ihre Liebe zu gewinnen.«

Florence machte eine Geste, als wolle sie uns alle drei erhören, und lachte. Sie war glücklich. Das Lachen des amerikanischen Mädchens, das in Rom ankommt und in der ersten Nacht den Hotelkellner in ihr Zimmer läßt. Und das immer noch lacht, wenn es sich auf der Straße von anderen jungen Männern aus dem Dienstleistungsgewerbe verfolgt sieht. Es lacht, weil es sich als begehrtes Tier fühlt.

Flamini, nach einer Pause: »Der Held ist tot. Seinen Platz hat sein Diener eingenommen. Don Giovanni sitzt in der Hölle, weil er aus Stolz nicht bereut hat. Jetzt ist es Leporello, der Don Giovannis Witwen verführt, und er verführt sie schlecht, richtet alles mögliche dabei an. In Mozarts *Don Giovanni* gibt es eine Szene, in der Don Giovanni selbst Leporello zu dem Versuch antreibt, seine störende Geliebte Donna Elvira zu verführen, damit er sie loswird. Es ist Nacht. Don Giovanni gibt ihm seinen Mantel und sagt: ›Geh!‹ Das ist eine prophetische Szene. In den Kleidern seines Herrn spielt Leporello sie noch heute. Aber er ist kein Spötter, er schlägt sich nicht mit den Rivalen, er ist in das System integriert, hat Angst vor den Pfaffen und vor den Mächtigen. Er ist ein linkischer Lüstling. Im Dunkeln findet er sich nicht zurecht, fällt in die Gosse und landet in der Scheiße, er bleibt im Keller oder im Schrank eingeschlossen, wird von den Hunden verfolgt. Aber manchmal geht auch er mit Flavia, Doralice, Olympia und Lukrezia ins Bett und, öfter als man glauben möchte, mit Donna Anna. Und am nächsten Tag erzählt er es dann.«

Mit dem Taxi nach Greenwich Village, wo es schien, als sollte etwas passieren. Die italienischen Cafés mit ihren alten Marmortischen, den farbigen Hamlet-Drucken, den Dosen mit Zwieback, wie man sie noch in ein paar abgelegenen Bahnhöfen des Apennins findet. Wir begleiteten Florence Baker nach Hause, nicht sehr weit. Ich sah sie, bei Flamini eingehängt, vorausgehen und hörte von Zeit zu Zeit ihr Lachen. Unter dem Haustor hat sie uns unparteiisch geküßt – und wir dann per Taxi die Park Avenue entlang, jeder zu seinem Hotel, wie drei Emigranten.

Nie so sehr im Zweifel über meine Story wie heute abend. Mister Marshall, der Koproduzent, dem ich sie gestern in groben Zügen erzählte, hat keinen Kommentar dazu abgegeben. Er hofft immer noch auf den *italian touch*, der die Leute zum Lachen bringen soll. Ich dagegen sehe sie als eine Abfolge von kleinen, unliebsamen Gewissens-Kalamitäten. Ein Theater ohne Gewissen lehne ich ab, aber was ich bieten kann, ist nichts als eine desperate Alternative. Ja, die Diener verkörpern unsere wahre, fortwährende Autobiographie. Wir lachen über ihre Laster und Fehler, über ihre Mißgeschicke und Niederlagen, denn es sind die unseren, wir erkennen sie wieder, und das Lachen führt schließlich dazu, daß wir sie nicht nur in einem annehmbaren, sondern sogar in einem schmeichelhaften Licht sehen. Das Lachen spricht frei, und wir bedürfen eines ständigen Freispruchs. Die Anklage (denn in vielen Fällen wird der Scherz bis zur moralistischen Anklage getrieben) erfüllt uns mit Stolz. Die Satire macht uns selbstbewußt, als ob man uns einen künstlerischen Status zuerkennen würde, ein Diplom, das uns aus der Mittelmäßigkeit und aus dem Grau der untergeordneten Rollen erhebt. Das erklärt das Vergnügen, das ein Italiener empfindet, wenn er einem seine oft grausamen, oft unmoralischen Abenteuer erzählt. Wichtig ist nicht die moralische oder sentimentale oder philosophische Schlußfolgerung, sondern nur das Faktum: daß es sich ereignet hat und daß es sich als amüsant erweist. Die italienische Hölle ist von linkischen Sündern bevölkert, die mit der Ablehnung der Begriffe Schuld und Sünde die Fähigkeit verbinden, über das Schlamassel zu lachen, in dem sie stecken. Und da dort unten der Teufel der Chef ist, ergibt sich die Notwendigkeit, ihn zu betrügen. Darin besteht unsere ganze Komödie.

Und wahr ist auch das: daß zwischen den Teufeln und den Masken der Komödie ein philologischer Abgrund gähnt. Die gleichen Wörter bezeichnen unterschiedliche Begriffe, und oft bedeuten sie für die Masken, die Komödienfiguren, nichts. Zum Beispiel liebt der Teufel nicht, er haßt die Liebe hartnäkkig. Für die Maske dagegen ist der Haß nur eine Gelegenheit, aber auch die Liebe ist eine Gelegenheit, ja die Gelegenheit schlechthin, die man stets im Nu ergreifen muß. Das, was wir Zynismus nennen, wörtlich das Verhalten des Hundes, ist für die Masken die einzig annehmbare Philosophie.

Florence Baker ist heute abend ins Hotel gekommen, im Weekend-Look: Jeans, ein altes, weinrotes T-Shirt und eine Tasche, diesmal voller Töpfe und Flaschen. Sie war vergnügt und ausgelassen, wie ich sie bisher nie gesehen hatte. Ausgemacht war, daß wir rasch ein paar Brötchen essen und dann etwas arbeiten wollten. Und am nächsten Tag, Sonntag, würden wir uns wiedersehen, um letzte Hand an die Story zu legen, die ich jetzt gut finde, so in kurze und längere Episoden unterteilt.

Statt dessen hat Florence Baker Steaks mitgebracht und französischen Wein – das geheimnisvolle Symbol der Sünde. Die Sache fing in der Kochnische an, wo ich ihr die Jeans herunterzog, während sie mit den Steaks beschäftigt war und *»No, please, no«* sagte; und dann ging es auf der Couch weiter und schließlich im Bett, wo sie jetzt schläft. Alles hat sich mit einer eher komischen Unkompliziertheit und bei vollem Licht abgespielt, und zwischen einem Gericht und dem nächsten setzten wir unsere Umarmungen fort.

LEPORELLO: *Sì eccellente è il vostro cuoco Che lo volli anch'io provar.*
GIOVANNI: *(Sì eccellente è il cuoco mio Che lo volle anch'ei provar.)*

Das habe ich vor mich hingeträllert, während ich den Tisch abdeckte und das Geschirr spülte. Florence schläft jetzt. Sie besitzt genau den amerikanischen Körper, den ich mir erwartet habe, gepflegt, elastisch, aber es ist mir nicht gelungen, mehr davon zu begreifen. Ich habe nur Angst, darauf hereinzufallen, wie es einem bei den zu elementaren Geheimnissen leicht passiert.

Ich mache mir Vorwürfe, diesem Impuls nachgegeben zu haben. Jetzt wird unsere Arbeit zwischen Spazierenfahren, Bett und abendlichem Ausgehen auf der Strecke bleiben. Aber wenn auch das eine der Geschichten wäre, wie ich sie gesucht habe, in ihrer platten Banalität?

Ich glaube, ich habe begriffen, daß es Florence Bakers Problem ist, sich zu verheiraten. Sie hat es satt, mit einer Freundin zu leben, sie will einen Mann im Haus, einen richtigen Mann, der in der Unterhose herumläuft, das Bad okkupiert und zur Arbeit geht, einen Mann, an dessen Seite man nachts schläft. Sie hat mir erzählt, daß sie abends, wenn sie mich nicht zum Essen begleitet, also auch am letzten Wochenende, mit einem jungen Engländer namens Morris ausgeht, der in einer Werbeagentur arbeitet. Sie hat seinen Witz, seine Lebensfreude gerühmt. Sie ist unentschlossen. Seit vier Jahren geschieden, trauert sie dem Mann als einer physischen Wesenheit nach, beruhigend, häuslich, sperrige und unerläßliche Stütze; all das, was die Bäuerinnen bei mir daheim in der Redensart zusammenfassen: *L'uomo è sempre bello* – Der Mann ist immer schön. Wie die Hirtenhunde, die der Herde und nicht dem Hirten treu sind, bleibt sie der Ehe treu, nicht dem Ehemann.

September. Durch einen jener Scherze, die das Schicksal für den Menschen bereithält, wenn er glaubt, die Türme der Weisheit in der Ferne zu erblicken, kommt ein Schriftsteller nach New York, das er kaum kennt, mit einer präzisen, professionellen Absicht: die Story zu einem Film zu schreiben. Für diese Arbeit wird er bezahlt werden. Er wird sich eingewöhnen, sich Zeit nehmen, beobachten, Leute kennenlernen müssen und sich durch das, was passiert, die Kapitel zu einer Geschichte suggerieren lassen, die bereits abgesegnet, einfältig, aber immerhin möglich ist: eine Arbeit von zwei Monaten.

Nach ein paar Tagen ist er bereits in der Lage, einige Theorien über New York von sich zu geben. Zum Beispiel denkt er, daß New York gar nicht existiere, sondern eine Kombination aus verschiedenen Träumen sei, Filmen einer vergessenen Epoche seiner Jugend entnommen. Oder auch, daß New York eine Stadt wie eine Frau sei, mit all dem Liebreiz und der Herbheit einer aus den Wassern emporgestiegenen Atlantis. Er findet die Linie der Wolkenkratzer, von einer Terrasse Uptowns aus gesehen, theatralisch und daß die Stadt wie eine riesige Kulisse wirke. Dennoch beeindruckt ihn dieses Bild nicht so, wie ihn als Sechzehnjährigen der Bühnenhintergrund beim Auftritt einer Revuetruppe in dem kalten Theater der Kleinstadt, in der er lebte, beeindruckt hat. Ach, in jener Nacht, als er allein durch verlassene und vom Meerwind durchpeitschte Straßen nach Hause ging, vernahm er die Stimme der Sirene, und er fühlte, daß das Leben in dieser Pappkulisse lag, wo man in den Fenstern der schwarzen Wolkenkratzer die Glühbirnen der Bühnenbeleuchtung erkennen konnte.

Nach einem Monat empfindet er bei dem Gedanken, wieder abreisen zu müssen, so etwas wie Verdruß. Diese Stadt, die er kraft seiner Ironie kontrollieren zu können glaubte, ist zu einem Labyrinth geworden, das ihn nicht mehr festhält, ein Labyrinth voller Ausgänge und absolut unverständlich. Die Wahrheit ist jedoch, daß er bereits ein Stadtviertelleben führt: Er hat seinen Zeitungshändler, den Tabakladen, den Drugstore, in den er mittags zum Essen geht, er füllt seinen Kühlschrank, mustert jeden Tag dieselben Schaufenster, und es kommt ihm vor, als wäre er schon sehr lange da. Vor allem gelingt es ihm nicht mehr, sich ein Leben anderswo vorzustellen.

Als er zu begreifen beginnt, daß New York eine Suite aus Variationen über ein Thema von Pythagoras ist, bleiben ihm noch wenige Wochen, um sich in dieser mathematischen Wahrheit zu verlieren. Eines Tages entdeckt er Wolkenkratzer, die sich in anderen, gläsernen, Wolkenkratzern spiegeln, und er sieht, wie der Mond von einem Wolkenkratzer zum anderen wandert, in zweihundert Metern Höhe und ohne Sicherheitsnetz. Er macht sich Notizen.

An einem anderen Tag wieder glaubt er herausgefunden zu haben: Die Stadt ist das Ergebnis eines kolossalen Exodus. Die Historie amüsiert sich damit, die Örtlichkeiten zu versetzen, sie hat Babylonien und seine hängenden Gärten hierhergebracht, Ägypten und seine Pyramiden, Griechenland und seine Liebe. Die Priesterinnen des Apoll steigen mittags zum Lunch aus den Büros der Park Avenue und Umgebung herab. Sappho betrachtet den Untergang des Mondes und der Plejaden in Rowayton oder in Westport.

Und dann ist da noch etwas, etwas Ungreifbares. Die Stadt ist klar, in keiner anderen Stadt der Welt sind die vier Himmelsrichtungen so eindeutig bestimmbar und dem Menschen so nützlich. Man weiß immer, wo man sich befindet, man ist immer perfekt lokalisiert.

Und was noch? Bei der Betrachtung eines Stadtplans stößt er auf die letzte Enthüllung: Der Plan imitiert jene Tafeln, die in den Anatomie-Atlanten die weiblichen Organe im Querschnitt zeigen. Manhattan ist der fruchtbare Uterus, und es lassen sich genau die Bartholinschen Drüsen, der Zervikalkanal, die Eileiter und so weiter ausmachen. Wo der Durchgangsverkehr fließend sein muß, kann man gar nicht anders als die Natur kopieren. Gleiche Bedürfnisse schaffen und nutzen gleiche Strukturen. Und was kann die Freiheitsstatue anderes sein als die hartnäckige Klitoris? Er hat das Gefühl, daß eine Falle aufgestellt ist, eigens für ihn.

Oder vielleicht besteht das Geheimnis darin, die Leute um sich herum zu betrachten, sich von ihrer Ungezwungenheit verblüffen zu lassen. Der Greis, der dich zur Seite stößt, um sich vorbeizudrängen, die Dame, die auf den Nebentisch kotzt und dann ungerührt weggeht, die andere, die der Kellner betrunken zur Tür bringt, dieses Polizistenstandbild, das tatsächlich ein Polizist ist, der Run auf die Cafeteria, wenn um fünf Uhr die Büros schließen, der ausgetrocknete Blick des Bettlers, der die Hand hinhält, der Wolkenkratzer, den du Tag für Tag vor deinen Augen heranwachsen siehst. – Und eines Abends gerät er in ein Theater, in dem nichts gespielt wird, es sei denn das, was die Zuschauer spielen wollen: sich selbst.

An einem anderen Abend, als er die Spiralrampe des Guggenheim-Museums heruntergeht, am Arm von Florence Baker, die lacht, fühlt er sich dumm und zufrieden, er hat begriffen, daß eine Stadt so ist wie die Menschen, die in ihr leben, und er lebt ganz einfach. Er wird nicht mehr von ihr erzählen können.

Los Angeles, Oktober. Reise mit Mister Marshall, um über das Schicksal der Story und des Films zu entscheiden. Ich nehme mir dieses Tagebuch wieder vor, nach fast einem Monat

Schweigen, der der Arbeit und Florence Baker gewidmet war, mit der ich mich gut verstehe, wenn auch nicht auf der Ebene absoluter Vertraulichkeit. Ihr Gesicht mit den zarten und festen Zügen, die hellen Augen, diese natürliche Ungezwungenheit, die nie getrübt ist, lassen mich an die Auffassung der amerikanischen Realität denken: Malerei (auch Landschaft), der Realismus, der durch seine beunruhigende Einsamkeit und Sauberkeit, durch das Leben der Objekte, die vegetabilische Kraft der Personen, ihre Geduld, die minutiöse Genauigkeit der »Reproduktion« zum Surrealismus wird. Und durch die Art und Weise dieser Menschen, sich in die Natur einzufügen. Jung sieht darin ein unfreiwilliges indianisches Erbe, zusammen mit ihrem Lachen, das immer offen ist, ohne ironische Untertöne, sondern bloße Vitalität. Bei Florence gibt es kein ungehemmtes Sich-Ausleben, kein Sich-Überlassen, nichts ist prall, sinnlich; daher wird alles uneinnehmbar. Fähig zu grenzenloser Zärtlichkeit, ist sie einen Augenblick später mit ihren Ahnen in einem stummen Gespräch, das mich ausschließt.

Reisen ist, als ob man die Wasserhähne aufdreht und zusieht, wie die Zeit wegrinnt: vergeudet, flüssig, unaufhaltsam. Im Kampf gegen meine Ungeduld, wieder von hier fortzukommen (ich habe zweimal bei Florence Baker angerufen, sie aber nicht erreicht), gelange ich in die Straßen des alten Zentrums, eng beieinander und voll von der vagen Drohung der Blicke, die in der Luft liegt. Ich werde von dem Schild eines Graphologen angelockt, der in Wirklichkeit nichts als ein armseliger Elektronenrechner ist. Man setzt seine Unterschrift auf ein Kärtchen, zahlt einen halben Dollar und wartet auf die Antwort, gleich auf dem Gehsteig. Der Apparat schüttelt sich, zittert und spuckt sieben andere Kärtchen aus, jedes mit einem präzisen Urteil über meinen Charakter, zum Beispiel: *»You have a fear of making decisions.« »Use better judgement in matters of diet.« »You have a good sense of humour and a glib tongue.«* Und derlei mehr, so präzis, daß es mich zu einem Täuschungsmanöver verlockt. Ich unterschreibe gewollt flüchtig auf einem neuen Kärtchen, und auch diesmal sind die Antworten ähnlich, mit Ausnahme der ersten, die lautet: »*You must be less impulsive.*«

Im Hotel finde ich einen Eilbrief von Florence Baker vor; ziemlich voluminös. Ich ziehe die Blätter heraus, entfalte sie – und von einem Gummiband losgeschnellt, gaukelt ein Papierschmetterling durch die Halle.

Wenig später, ich war gerade dabei, ihr einen Brief zu schreiben, hat sie angerufen: von der Hotelhalle aus. Sie kam lachend herauf, und wie durch Zauber war meine üble Laune verflogen. Als ich mir Sorgen wegen Mister Marshall machte, der sie kennt, meinte sie nur: »Wir sind volljährig.« Sie hat eine Woche frei, bevor sie ihren neuen Job in einer Werbeagentur antritt – und sie kannte Kalifornien noch nicht. Außerdem ging sie davon aus, daß mir die Sache nicht unangenehm wäre, und so hat sie sich ganz kurz entschlossen, es blieb gerade noch Zeit, den Koffer zu packen und Melampus der Freundin anzuvertrauen.

Diese Stadt, die mir mit Mister Marshall so riesig erschienen war, daß sie mich in die Umgebung des Hotels bannte, wie einen Forschungsreisenden, der sich nicht allzuweit von den Palmen der Oase wegwagt, hat mich nun auf der Stelle bezaubert.

Eheleben, Suche nach Restaurants, ein Lauf bis zum Ozean mit seinen langen Wellen, auf denen der Abfall schwimmt. Asien ist auf dem Obstmarkt zu Hause, wo wir einen ganzen Vormittag zugebracht haben. Aber immer das Gefühl einer Glaswand, die sich zwischen uns schiebt, sobald uns die Müdigkeit eigentlich zum Gespräch über uns bringen müßte. Wenn ich sie ansehe, lächelt sie, aber wie auf einer Fotografie.

An ihrer Seite komme ich mir plump vor. Ich erinnere mich an einen Freund, der einer hartnäckigen Geliebten, die er loswerden wollte, eines Tages erklärte: »Du bist eine Nummer zu groß für mich.« Und obwohl Florence Baker die Ruhe selbst ist, ist sie gleich zwei Nummern zu groß: Wie jene Lehrerinnen, für die wir in den unteren Klassen schwärmten und die ihrerseits in einen Herrn verliebt waren, der ihre Gefühle nicht erwiderte. Ich spiele beide Rollen in diesem bescheidenen Psychodrama. Die Unentschlossenheit läßt mich mitten in der Nacht, während sie schläft, aufstehen, das Fenster öffnen und die Sterne betrachten.

Die Antwort des Produzenten ist negativ ausgefallen. Meine Story eröffne keinerlei Perspektiven. Und das Publikum muß doch weiterleben. Weiterkonsumieren. Ich und Mister Marshall sehen uns wie Schiffbrüchige an, und gleich darauf ziemlich gereizt, daß wir in einem Boot sitzen: Jeder ist der Beweis für das Scheitern des anderen. Er ist sofort zurückgefahren, auch ein wenig verärgert darüber, daß ich sein Geld dazu verwende, mit Florence Baker auf Reisen zu gehen.

Wir werden noch einen Tag hierbleiben. Vom Taxi aus die Apotheke gesehen, vor der, als er sie gerade verlassen hatte, Francis Scott Fitzgerald gestorben ist. Und daraufhin, *cabman*, sofort zum Friedhof! Florence Baker sagt, daß der Besuch des großen Friedhofs unerläßlich sei, um die Haltung der Reichen gegenüber dem Tod zu begreifen – die im übrigen die gleiche wie die des Pharaos sei, nämlich sich mit neuem Reichtum (und das heißt Sicherheit) zu umgeben, in der Erwartung, wiedergeboren zu werden. »Es ist nicht einzusehen«, fügt sie hinzu, »warum die Reichen hier nicht wiedergeboren werden sollten: Sie haben doch schon alles.«

Wir fahren also nach Forest Lawn, einem riesigen Park, wo nur kleine Bronzetafeln daran erinnern, daß darunter jemand liegt. Der Rest ist Natur, Stille, Blumen, verehrungswürdige Bäume.

Im Gästehaus neben der menschenleeren Kirche weilen die Leute, die eben eine Trauerfeier hinter sich haben, samt und sonders auf den Toiletten, die elegant und sauber sind wie in einem Grandhotel. Die Bibliothek der Kirche, Longfellow gewidmet, ist ebenfalls leer, aber zugänglich. Kein Mensch ist da, um uns nach unserem Begehren zu fragen. Florence Baker möchte wissen, wieviel ein Grab kostet. In den Büros, die eher große Salons sind, empfängt uns ein Vertreter von feinsten Umgangsformen. Er begreift sofort, daß wir bloße Zeitvergeudung sind, daß wir gar nicht sterben wollen; aber seine Ironie, scheint uns, liegt ganz darin, uns zu suggerieren, daß wir – allein aufgrund der Tatsache, am Leben zu sein – auf alle Fälle Klienten darstellen. Wenn nicht für diesen Friedhof, dann für einen anderen. Er schlägt uns verschiedene Arrangements von dreitausend bis vierundsechzigtausend Dollar vor. Er schreitet uns zur Besichtigung des teuersten Mustergrabs voraus, das durch die Art des Eingangs an etruskische Grabstätten erinnert. Die Zementdecke ist atombombensicher, der unifarbene Teppich reicht von Wand zu Wand. Die Einrichtungselemente können je nach Wunsch in ägyptischem, griechischem, Empire- oder Kolonialstil gewählt werden. Der Raum ist klein, aber elegant; zwei Bronzeleuchter geben ihm eine intime Note. Wir können nur immer wieder beteuern: »Schön, sehr schön!« Der Vertreter nickt lächelnd: Er weiß es. Dann landet er seinen letzten Coup: Im Preis inbegriffen ist ein drahtfunkübertragenes Musikprogramm mit einer Auswahl zwischen drei Gattungen: Klassik, Schlager- oder Popmusik. Der Vertrag ist für fünfhundert Jahre vorgesehen. »Das kommt der Ewigkeit am nächsten«, meint er abschließend.

Florence Baker hielt meinen Arm gepreßt, fast als wolle sie sich an mich klammern und mich in diesem leeren Grab zurückhalten, während der Vertreter in die Sonne hinausging und mit dem Schlüsselbund klingelte. Sie flüsterte mir etwas ins Ohr, was ich nicht verstand; doch als ich sie ansah, war sie ruhig, weit weg.

Drei

New York. Februar. Vier Monate sind vergangen. Nachdem ich meine unnütze Story, die niemals realisiert werden wird, geschrieben hatte und von Los Angeles zurückgekehrt war, stand es mir frei abzureisen. Ich habe beschlossen zu bleiben. Ich wollte darangehen, Erzählungen von mir, die zum Teil bereits fertig, zum Teil noch im Rohzustand sind, zusammenzustellen und neue zu schreiben. Mein Leben hatte zu einem ruhigen Rhythmus gefunden, die Rückkehr nach Italien hätte mich nur wieder herausgerissen; ich hatte genügend Geld, um mir drei, vier Monate Atempause zu gönnen, eine Zeit der Einsamkeit, gemildert durch Florence Baker, die nach der Arbeit bei mir in eine Werbeagentur in der Madison Avenue eingetreten war. Ich habe zwei harmonische Monate mit Florence Baker verbracht, während deren wir uns oft sahen, manchmal, auf den Wochenendausflügen, zusammen mit ihrem Hund. Jedoch ohne gegenseitige Verpflichtung, vielmehr pflegte sie ihre amourösen Beziehungen weiter. Ich bin aus dem Hotel ausgezogen und habe für den halben Preis ein hinlänglich möbliertes Appartement in derselben Straße gemietet. Ende Dezember hat Florence Baker von ihrem englischen Freund einen Heiratsantrag erhalten und ist seine Frau geworden. Plötzlich war ich allein an meinen New Yorker Abenden und fand sie zu trostlos, um sie dem bloßen Zufall zu überlassen. Ich mußte ihnen ein Programm geben. So habe ich mir ein bißchen übliches und ein bißchen außergewöhnliches Theater angesehen; das letztere führte mich in meine Jugend zurück, als auch ich mich im symbolistischen, surrealistischen, expressionistischen Theater getummelt hatte. Von der ganzen Theatermacherei ist mir die Gewißheit geblieben, daß das Leben vorzuziehen ist. Doch ich hüte mich, es dort zu suchen, wo alle glauben, daß es sein müßte, nämlich in Greenwich Village. Dort packt mich eher die Angst vor einem schändlichen Alter: nicht dem meinen, sondern dem der anderen. Und die Vergnügungen der jungen Leute haben den Charakter von Höllenstrafen, ohne zeitliche Begrenzung. Ich ziehe die Vertrautheit meiner Straßen vor, die Ruhe der gewöhnlichen Restaurants, die Solidität der alltäglichen Leute. Zum Beispiel habe ich entdeckt, daß der Tabakhändler in der 86. Straße mich inzwischen kennt.

Mit den Erzählungen, die ich schreiben will, geht es nicht voran, und die bereits geschriebenen siechen vor sich hin. Wenn ich manchmal versuche, ein paar Seiten davon zu lesen, erfaßt mich die Trostlosigkeit Kostjas, des unglücklichen Schriftstellers in Tschechows *Möwe*. Alles erscheint mir dürftig, schlecht geschrieben, unnütz. Vielleicht fehlt es mir an einer Ideologie. Ich schlage mich für nichts. Ich bin ein Fehlgriff der Natur, die es nach diesem mißglückten Experiment vermeiden wird, Typen wie mich hervorzubringen, so wie sie es von einem bestimmten Zeitpunkt an vermieden hat, weiterhin Dinosaurier zu produzieren. Ich beginne die Unruhe der Tage, die in einer leeren Freiheit verstreichen, zu empfinden und warte darauf, daß das Telefon läutet. Mehr schlecht als recht und ohne jegliche Überzeugung leistet mir Melampus Gesellschaft, jetzt zu Melampo geworden, seit Florence Baker ihn mir dagelassen hat. Der Engländer mochte ihn nicht, als den geheimen Zeugen anderer Liebschaften, und sie liebte weder den Engländer noch den Hund genügend, um letzteren dem ersteren aufzuzwingen.

Um Melampo wiederzusehen, hat mich Florence Baker dreimal besucht, aber immer zu unmöglichen Zeiten und in Hast: Sie hat sich nie ganz ausgezogen. Ich glaube, daß ich sie liebe.

Sie ruht sich in ihrer Ehe aus, aber sie vermeidet es, davon zu sprechen. Und wenn ich jetzt darüber nachdenke, hätte ebensogut ich sie heiraten können. Ich habe intensive und glückliche Tage mit ihr verlebt, beispielsweise jenen *Labor Day* im September, als wir Touristen spielten und die Freiheitsstatue besichtigten und dabei eine Stunde lang auf der Innentreppe steckenblieben. Vielleicht hat auch sie darauf gewartet, daß ich sie fragte, ob sie mich heiraten wolle, aber wahrscheinlich hinderte uns gegenseitige Rücksichtnahme daran, offen zueinander zu sein. Wir haben nie über Liebe gesprochen. Als sie sagte: »Morris will mich heiraten«, habe ich ihr gratuliert. Ihre Zurückhaltung hat sie daran gehindert hinzuzufügen: »Aber ich liebe *dich.*« Und die gleiche Zurückhaltung hat mich daran gehindert, den anderen auszustechen: »Nein, *ich* heirate dich.« Wie die zwei Herren, die sich partout gegenseitig den Vortritt lassen wollen und schließlich unter der Tür mit den Köpfen zusammenstoßen. So schreibt sie mir hin und wieder, in ihrer sauberen College-Handschrift, und erzählt von sich, aber nur vage. Vielleicht wäre meine eigentliche Bestimmung die eines Beichtvaters.

Ich habe mir einen Stundenplan aufgestellt, mit zwei Spaziergängen täglich im Park für Melampo, aber es gelingt mir nicht immer, ihn einzuhalten. Oft bleiben wir den ganzen Tag draußen, und dann wieder gehen wir überhaupt nicht aus dem Haus; in diesem Fall behilft sich Melampo mit dem Balkon. Ich habe auch eine psychoanalytische Behandlung bei einem Freund von Longhi versucht, er heißt Gerald O'Malley und ist irischer Abstammung, doch nach einigen Sitzungen habe ich beschlossen, das Ganze aufzuschieben, übrigens auf Rat von Gerald selbst. Zwischen uns hatte sich eine natürliche Freundschaft entwickelt, wir verbrachten die Zeit mit Trinken und damit, uns über alles zu unterhalten, nur nicht über meine Probleme. Ja, wir unterhielten uns eher über die seinen. Jetzt sehen wir uns hin und wieder zum Abendessen.

Ich vergaß: Im vorigen Monat kam eines Tages seine Sekretärin, sie heißt Joyce, zu mir, um mir Bücher zu bringen; sie wollte unbedingt heraufkommen und lungerte dann neugierig herum, lächelnd. Sie erwartete etwas von mir, das sie sich gegen Gerald ausgedacht hatte. Ich bin nicht darauf hereingefallen, und wir haben uns nicht wiedergesehen.

Über meinem Kopf fliegt immer wieder der Hubschrauber zum PanAm-Building mit dem hemmungslosen Lärm einer Unzahl von Teppichklopfern.

Ich habe auch angefangen, Gedichte zu schreiben, zum Glück ganz schlechte. Aber es ist so und so das Ende. Ich habe beschlossen, nach Italien zurückzukehren, vor allem fehlen mir meine Bücher, und wer weiß, wie viele neue Bücher meine Freunde während meiner Abwesenheit veröffentlicht haben. Wenn ich mir meine Bücher schicken lassen könnte und all den übrigen Krimskrams, den man braucht, um sich in seiner Hundehütte einzurichten, würde ich hierbleiben: Eine Einsamkeit ist soviel wert wie die andere. Aber so kann ich nicht mehr kontrollieren, was ich schreibe; es passiert mir, daß ich auf englisch denke, und jedesmal, wenn ich vom Fenster aus das Panorama der Dächer und jene Riesenbottiche von Wassertanks betrachte, die an die Filme von Larry Semon erinnern, habe ich das Gefühl, daß mich die Stadt abschiebt. Sie weiß nichts anzufangen mit krisengeplagten Intellektuellen, von denen sie ohnehin schon mehr als genug hat. Ich habe keine großen Laster und auch keine großen Bedürfnisse, vor allem aber habe ich keine Ambitionen. Meine Lieblingslektüre ist der *Roget's Thesaurus*, ein Wörterbuch der Synonyme und Antonyme.

Um Melampo loszuwerden, der mich immer anschaut, als warte er auf Befehle, wollte ich ihn verkaufen. Es ist mir nicht gelungen, er hat keinen Pedigree. Also habe ich beschlossen, ihn zu verschenken.

Es geht nicht an, von Make up zu sprechen.

»Du brauchst dir keine Sorgen zu machen«, sagt das Mädchen, »ich habe einen wunderschönen orientalischen Körper.«

Heute vormittag, auf der Fifth, Mädchen mit einem Kohlenfleck auf der Stirn, ein Zeichen fast wie ein Kreuz. Auch Männer bewegen sich eilig im hellen Sonnenlicht und mit befleckter Stirn. Sie kommen alle aus der St. Patrick Cathedral, wo die Asche ausgeteilt wird. Große Schilder mit Pfeilen weisen im Innern der Kirche den Weg: *Ashes.* Das ganze Schiff ist voll von Menschen, die darauf warten. Die Frauen kommen mit ihren Tüten von Saks, von Best & C. herein, die Männer mit dem Aktenkoffer fürs Büro, und ehe sie mit ihrem Aschenkreuz auf der Stirn (denn sie alle werden wieder zum Staub zurückkehren) hinausgehen, bleiben sie vor der bunten Wachsfigur Pius' XII. stehen, der auf einem Thron sitzt, mit der Goldrandbrille und die Hand zum Segen erhoben. Der Thron steht direkt auf dem Boden, der Papst blickt zum Altar und scheint lebendig wie die Wachsfiguren im Musée Grevin. Ein Importprodukt. Später, im Guggenheim-Museum, eine Edvard-Munch-Ausstellung. Ich komme erschöpft heraus, unter dem Eindruck seines letzten großen Selbstporträts: stehend, im Gegenlicht, sterbend im Geruch der Heiligkeit.

Es gibt eine Maschine, die um zehn Uhr abends nach Europa startet und mir am liebsten ist. Sie ist nie sonderlich voll, eher sogar leer; sobald man in der Luft ist, bekommt man das Abendessen, dann werden sofort die Lichter gedämpft, man streckt sich auf dem Sitz aus und versucht zu schlafen. Eine halbe Stunde vor der Ankunft in Paris Wecken und Kaffee. Keine Musik, keine Informationen über den Flug oder sonstige Unterhaltungen. Ich habe für Samstag gebucht. Es ist alles erledigt, auch das Problem mit Melampo. Als ich schon die Hoffnung aufgegeben hatte, ihn verschenken zu können, rief mich Longhi an und teilte mir mit, eine Mrs. Baldwin sei an dem Hund interessiert und bereit, ihn zu nehmen. Sie habe einen von derselben Rasse, ein Weibchen, sie wolle es nur vorher mit Melampus zusammenbringen, um sicher zu sein, daß sich die beiden Hunde verstünden. Von dieser Lösung ist auch Florence Baker begeistert.

Also war ich heute morgen im Central Park, auf den Wiesen hinter dem Metropolitan Museum, in Erwartung dieser Dame, offensichtlich einer Frühaufsteherin, die sich mit ihrem Hund einfinden wollte. Es war kalt, und mein Kopf war leer. Ich fühlte mich wie ausgehöhlt, müde, nicht zuletzt weil ich um sieben aufgestanden war. Ich kam mir, mit achtundvierzig Jahren, völlig nutzlos vor. Mein Geld reicht noch für ein paar Monate, danach werde ich wieder anfangen müssen, irgendwelche Dinge zu schreiben, die etwas einbringen, aber über die bereits entschieden ist, ehe man damit anfängt. Wieder Film, wieder Artikel. Ich könnte dem Fernsehen einen Bericht über die dritte Welt vorschlagen, wie es Mode ist. Oder bei einer Zeitung fragen, ob sie mich nicht als Korrespondenten in irgendein Land schicken möchte.

Ich suchte mir gerade das entsprechende Land aus, als ein altes Kabrio in der Allee hielt, dem ein Hund und ein Mädchen entstiegen. Das Mädchen muß unter Drogen gestanden haben oder vom Abend vorher noch verkatert gewesen sein, es ging wie ein Mannequin und wirkte auch genauso geistesabwesend und elegant. Die beiden suchten mich. Das Mädchen erklärte, Mrs. Baldwin habe nicht kommen wollen, sie sei nicht in der Stimmung, einer Paarung beizuwohnen, und schicke daher sie, ihre Tochter, Liza Baldwin.

Ich habe sie sofort wiedererkannt: Sie ist eines von den Mädchen, die an jenem Abend in dem kleinen Theater auf die Bühne gestiegen waren, die lebhafteste. In diesen Monaten ist sie noch schöner geworden, geradezu aufgeblüht. Vielleicht hat sie das Kind bekommen, das sie erwartete.

Ich verzog mißfällig das Gesicht. Die Schönheit, auf welche Weise sie auch immer vor mir auftaucht, versetzt mich seit einiger Zeit in einen Verweigerungs- und Alarmzustand. Ich fürchte sie, ich ertrage sie nicht einmal mehr in der Landschaft, aus der man sie im übrigen immer mehr vertreibt; und ebendeshalb liebe ich die trostlosen Örtlichkeiten, die einzigen, die mir nicht die Melancholie des flüchtigen Augenblicks vermitteln – oder auch das Gefühl meines eigenen Scheiterns. Die Schönheit von Liza Baldwin hat außerdem den Reiz der Dinge, die nicht für mich bestimmt sind. Sie deutet auf ein Werk von Generationen, auf ein reiches und unkompliziertes Leben, auf eine naive Verderbtheit, auf etwas Mystisches, wie es die Frauen in der flämischen Malerei des 15. Jahrhunderts an sich haben (und es gab die Beispiele davon zwei Schritte von hier, im Metropolitan Museum) und es sich selbst die in den Jüngsten Gerichten verdammten Sünderinnen bewahren. Schlagartig verdichtete sich alles, was mir durch den Kopf ging, in den wenigen Worten Paul Valérys: »Der Adel ist eine mystische Eigentümlichkeit des Spermas.« Nein, vermutlich hat Valéry gesagt: *liqueur séminale*, aber das ist das gleiche. Ganze Generationen haben gearbeitet, damit ich mich in diesem Augenblick ausgeschlossen fühle, unebenbürtig dieser Liza, die im Grunde ein nettes Mädchen ist und fast erschrocken wirkte, als sie meine Bekanntschaft machte, und ein wenig stotterte, was ihren Liebreiz nur erhöhte. Ich habe beschlossen, sie mir sofort vom Hals zu schaffen. Ich hatte einen Korb bei mir, aus dem ich Melampos gesamte Aussteuer zog: das Schottencape, den Napf und den Gummiknochen. Ich wollte den Korb nebst Inhalt ins Kabrio stellen, aber Liza Baldwin runzelte die Stirn: »Wieso?«

Das Mißverständnis klärte sich rasch auf: Liza Baldwin hatte keinerlei Auftrag, den Hund mitzunehmen, sondern nur, die Hündin zu diesem Rendezvous zu bringen, wegen einer eventuellen Paarung. Das sind diese Pfuschereien, wie sie nur Longhi fertigbringt.

Ich war am Ende meiner Geduld und erwiderte, daß die vor mir am Telefon zwischen Longhi und Mrs. Baldwin getroffenen Vereinbarungen anders gelautet hätten. Ich erklärte, daß ich am Samstag, also in drei Tagen, abreisen müsse, zog sogar das Flugticket heraus und schloß gereizt, daß ich es mir nie hätte träumen lassen, meine Zeit damit verplempern zu müssen, diesem Hund Melampus, der noch nicht einmal mir gehöre, zu seinem Vergnügen zu verhelfen.

Ihre Miene verfinsterte sich. »Und ich«, sagte sie, »bin nur gekommen, um ihr« (sie zeigte auf die Hündin) »einen Gefallen zu tun, nicht meiner Mutter.« Dann fügte sie auf italienisch hinzu: »Und wann kommen Sie zurück, Signore?«

»Ach, was weiß ich. In einem Jahr oder in zwei. Oder überhaupt nicht.«

Um die Schroffheit meiner Antwort zu mildern, erinnerte ich sie an jenen Abend im vergangenen August, in dem kleinen Theater. Sie sah mich verblüfft an und brach in Lachen aus. O ja, sie erinnere sich genau an diesen langweiligen Abend und an unsere Versuche, ein Psychodrama auf die Beine zu stellen.

»Die Wahrheit ist nie dramatisch«, sagte ich. Und sie, lachend: »Welche Wahrheit? Dieser Blödsinn? Es gab keinen anderen Weg, um den Abend voranzutreiben und wieder nach Hause gehen zu können.«

Ich pflichtete ihr bei: Es gab keinen anderen Weg. Man mußte irgendein albernes Märchen erfinden und heimgehen. Und das, weil das Theater im Begriff steht, schwächer zu werden als die Wirklichkeit, und daher langweilt. Wir waren an jenem Abend nur wenige gewesen, und wenn wir das Schauspiel heute wiederholen müßten, bliebe uns, glaube ich, nichts anderes übrig, als uns nackt auszuziehen, um die Lüge zu exorzieren: Sich zu entkleiden wird zur evidentesten Form von Unschuld.

»Also nichts mit Kind?«

Sie lachte und schüttelte den Kopf wie ein kleines Mädchen.

»Wenn ich mich recht erinnere, heißen Sie Joan.«

Sie erwiderte, sie heiße auch Julie und Lidya und natürlich Liza, was ihr das liebste sei. Liza Baldwin klinge völlig unauffällig, ohne jegliche Bedeutung.

Sie war höflicher geworden. Ein paar Minuten später hatten wir uns geeinigt: Wir wollten die Paarung der Hunde fördern, wenngleich die Sache nicht einfach schien. Sobald es erledigt wäre, würde sie mit dem Hundepaar zu ihrer Mutter zurückfahren; nicht eher.

Die Hunde fixierten einander und beschnupperten sich zitternd und übellaunig. Wir setzten uns auf eine Bank und warteten, daß sie anfingen. Wir hatten sie freigelassen, und jetzt liefen sie von einem Baum zum anderen, als ob sie etwas zuzustellen hätten. Melampo ließ einen Spritzer Urin auf jeden Baumstamm, und die Hündin lief hinterdrein, um zu kontrollieren.

»Was machen die bloß?« fragte ich ein paarmal.

»Oh, nichts«, erwiderte Liza Baldwin. Dann zog sie sich die Schuhe aus und lief barfuß übers taunasse Gras, vor dem befremdlichen Hintergrund der Wolkenkratzer. Ich schluckte befriedigt. Das hatte ich erwartet. O diese modegeschwängerten Snobs, alle gleich, immer darauf bedacht, lässig zu erscheinen, natürlich. Bitte, die Natur taugt ja inzwischen für diese Aaskäfer.

»Melampus ist der Name eines Hundes in *Lolita*, einem Roman«, sagte Liza Baldwin.

Ich korrigierte: »Einen Melampo gibt es auch im *Pinocchio.* Es war ein hinterhältiger Hund. Er hat sich mit den Mardern zusammengetan und sie in den Hühnerstall gelassen. Aber sein Herr konnte so etwas nicht glauben, und als Melampo starb, trauerte er um ihn.«

»Wie bedauerlich«, sagte sie.

Wir sprachen weiter über Literatur. Sie liest Ginsberg, Malamud und andere, die ich nicht kenne. Von den Franzosen auch Robbe-Grillet und Le Clézio. Sie hat an einem Kurs über Joyce teilgenommen, im Haus von Freunden, doch sie mußte ihn abbrechen, wegen einer Kreuzfahrt. Plötzlich lachte sie laut auf. »Ich stelle mir gerade vor«, sagte sie, »wie es wäre, wenn es bei uns genauso zuginge wie bei ihnen [nämlich den Hunden]: Die Herrchen sprechen sich ohne unser Wissen telefonisch ab, führen uns auf eine Wiese, und los geht's. Der Sex ist befriedigt. Unsere ganze Liebe könnten wir dem Herrchen widmen. Aber nein, wir müssen wählen.«

Die Unterhaltung glitt auf den Ton jener Zusammenkünfte ab, bei denen getrunken wird. Sex, darauf läuft es immer hinaus. Ich sagte: »In einer Gesellschaft wie der unseren ist Sex eine Sache der Kultur. Eine Art und Weise, seine Irrtümer loszuwerden, mit der Zeit zu einer klareren Sicht der Wirklichkeit zu gelangen. Oder wenigstens sollte er das sein. Leider ist er auch die letzte Zuflucht. Und er ist auf dem Weg, eine Industrie zu werden.«

Und Liza Baldwin: »Und die Liebe? Eine Folge von Begegnungen, von abgebrochenen Erfahrungen.«

Ich hob die Arme. Was soll man da sagen? Ich fragte mich, ob Liza Baldwin vielleicht nymphoman sei. Doch sie insistierte: »Ist es möglich, daß das alles ist? Und daß man sich jedesmal eine blutige Nase holt, um dann doch zu keinerlei Ergebnis zu kommen?«

Was denn für ein Ergebnis? Die Liebe ist das Übel, sie kann nur Scheinheiligkeit sein. Die Wahl ist das Übel. Sich weigern, eine Wahl zu treffen. Ja, sich ganz einfach weigern! Florence Baker kommt aus ihrem Weekend zurück und sagt: »Ich heirate, ich brauche einen Mann im Bett, um schlafen zu können, einen Mann, der in der Wohnung herumläuft, damit ich mich wohlfühle.«

Liza Baldwin sagte mit plötzlicher Traurigkeit: »Jedesmal ein Gefühl von Intimität und von Angst, wie die Nacht. Eine Lust, sich auszulöschen, und die Furcht, es könnte einem gelingen. Es macht einen frieren.«

Ich fühlte bereits, daß ich sie verabscheute. »Ziehen Sie sich Ihre Schuhe wieder an«, sagte ich, »und reden Sie keinen Blödsinn über Sex. Respektieren Sie ihn, bewundern Sie ihn, machen Sie Gebrauch von ihm, soviel Sie wollen, aber vermeiden Sie es, darüber zu reden.«

Und während wir darauf warteten, daß sich die Hunde endlich entschlössen, fing Liza Baldwin an, von sich zu erzählen.

Sie hat *art et décoration* studiert, aber ohne wirkliches Talent. Sie hätte Lust zu schreiben, aber da gibt es zwei Hindernisse: Sie kennt nur sich selbst, und sie findet sich zwar unersetzlich, aber unbedeutend. Das, was sie erlebt, erscheint ihr ohne Interesse, oder aber sie schreibt mit der Raserei eines scheu gewordenen Pferdes ein Dutzend Seiten voll und ist hinterher nicht mehr fähig, etwas daran zu tun. Auf der Suche nach einem verlorenen Gott verfaßt sie auch Gedichte. Als Abkömmling einer reichen Familie kennt sie Europa besser als ich: Diese Schuhe da hat sie im vorigen Monat in Florenz gekauft, in Italien verkehrt sie in einem exklusiven Milieu, zwischen Segelbooten und Jagdpartien, sie hat mir die Namen genannt und war sehr erstaunt (das Erstaunen der reichen Leute), daß ich sie nicht kenne. In Paris hat sie ein Jahr lang studiert, aber sie hat keine angenehme Erinnerung daran, sie zieht es vor, nicht darüber zu reden. Wenn sie das rechte Wort nicht findet, behilft sie sich mit einem englisch-französisch-italienischen Mischmasch. So sagt sie zum Beispiel, daß sie in Paris *»aveva noie d'argento«*, und in Athen habe man sie immer bei den *»logaritmi«* betrogen, nämlich den Rechnungen der Restaurants oder Hotels. Das Gesamtbild ist das eines modernen Mädchens am Rand der Neurose: Sie flüchtet vor der Ehe, haßt die Familie, hat als Fotomodell gearbeitet (sie auch!), aber diese ganze Welt von Greenwich Village findet sie jetzt zum Kotzen. Das einzige, was sie am Leben interessiert, ist die Möglichkeit, es sich zu nehmen. »O ja, wirklich!« fügt sie, von einem plötzlichen Lachen geschüttelt, hinzu. Sie denke oft daran. Es ist offensichtlich, daß sie trinkt oder Drogen nimmt. In ihren Augen liegt noch das Glitzern einer alten Droge, etwas Bestürztes und Ironisches, gleichzeitig Konzentriertes und Zerstreutes. Als ich sie allzu direkt anschaue, um herauszufinden, ob sie mir die Wahrheit sagt, schließt sie die Augen, wie eine Katze.

Ich habe sie gefragt, ob sie Drogen nimmt. O nein, das verabscheue sie; früher mal, ein bißchen, aber jetzt nicht mehr. Marihuana verursache ihr Husten, vor Heroin habe sie Angst, LSD sei nichts als eine billige, kleinbürgerliche Flucht vor der Realität. Vielleicht sagt sie die Wahrheit. Die bäuerlichen Vorfahren aus Maine und eine italienische Urgroßmutter retten sie wenigstens in diesem Punkt. Alles übrige an ihr ist Schönheit und Konfusion, die mit der Zeit in Gewöhnung und Zerstörung münden werden, durch die einsamen Besäufnisse, die spontanen und überspannten Reisen, ihre Gesellschaftsschicht, von der sie sich nie lösen können wird.

Es folgte ein verlegenes Schweigen. Man hörte, wie das Brausen der Stadt allmählich zunahm, es kamen bereits Kinder vorbei, ein paar Herren, die quer über die Wiese gingen, um den Weg abzukürzen. Das Sonnenlicht war hart, gläsern. Bald würden die ersten Voyeure und Exhibitionisten des Parks auftauchen, vorsichtig zwischen den Baumstämmen und Felsen. Ich hatte Hunger und fror. »Mit den beiden wird's nichts mehr«, sagte ich. Damit meinte ich die Hunde, die sich entfernt hatten und ganz ruhig wirkten. Wir standen von der Bank auf, um etwas zu gehen und die Kälte abzuschütteln.

»Wie alt sind Sie?« fragte mich Liza Baldwin.

Wie der Spieler, der bei der letzten Runde die Karten auf den Tisch legt, antwortete ich: »Achtundvierzig.«

Sie schien überrascht und betrübt: »O Gott, da bleibt Ihnen nicht mehr viel zu leben!«

Ich hätte ihr antworten sollen: Ich mache mir eher Sorgen um Sie, die Sie noch viel leben müssen, in diesen Zeiten des Umbruchs.

Wir achteten beim Gehen schon nicht mehr recht aufeinander. Sie lief ein wenig voraus, blieb stehen, um auf mich zu warten, oder kam wieder zurück. Ich fragte mich, warum sie mir das alles von sich erzählt hatte, so hastig, als ob sie sich erbrechen würde. Ich muß das Aussehen eines harmlosen Professors haben, des gutmütigen väterlichen Freundes, der Bücher herleiht und alles versteht, ohne Ratschläge zu erteilen – und der keine Gegenleistung fordert, nichts von seinen schiefgegangenen Frauengeschichten erzählt. Ich fühlte mich ruhiger: Jetzt alarmierte mich Liza Baldwins Schönheit weniger, die vor Kälte gerötete Nase gab ihr einen kindlichen Zug, und sie selbst wirkte wie ausgeleert durch die lange Beichte. Ich dachte daran, daß wir uns nicht wiedersehen würden. Sie hatte mich benutzt, und jetzt würde sie, um die Episode abzuschließen, über irgendwelches dummes Zeug reden, über Tiefen- oder Höhenpsychologie, über die Örtlichkeiten, wo sich ihresgleichen zu treffen pflegt, über das Negerproblem. Und schließlich würden wir uns beiderseits erleichtert voneinander verabschieden.

Statt dessen fragte Liza Baldwin: »Und Sie?« Es sollte eine Anspielung auf die Drogen sein. Ich schüttelte den Kopf. Die Italiener seien leider zur Realität verdammt, sie könnten ihr nicht entfliehen, das sei das Übel, das sie immer schnell geneigt mache, alles zu verstehen, ein flüchtiges Wohlwollen zu offerieren und davonzulaufen, sobald sich die Dinge verschlechterten. Die Drogen würden mir nur neue Probleme schaffen. Und ich tränke auch nur mäßig.

»Also, was dann? Eine gesunde erotische Aktivität, nehme ich an«, meinte sie mit schüchterner Ironie. Ich erwiderte, daß, alles in allem, meine Erotik keineswegs gesund sei. Ich wollte damit andeuten, daß ich im Moment Probleme damit hätte. Tatsächlich war mir mit Florence Bakers Fahnenflucht – die für meine Arbeit eigentlich nur gut gewesen wäre – auf der Stelle die Lust vergangen, noch in New York zu bleiben. Liza Baldwin glaubte verstanden zu haben, daß ich homosexuell sei. Sie schaute mich von der Seite an und sagte mit sanfter Schlichtheit: »Ich hätte es mir denken können, wegen des Hundes.«

»Nein, nein«, erwiderte ich lachend, »der Hund hat einer lieben Freundin gehört, die mich vor zwei Monaten verlassen hat, um zu heiraten. Also, was ist, nehmen Sie ihn?«

»Wen?«

»Den Hund, wir sprachen vom Hund.«

Liza Baldwin schien mich nicht gehört zu haben. Sie sagte: »Im Freien bringen die nichts zuwege.« Sie blickte ins Weite, als erwarte sie von irgendwoher Hilfe. »Man müßte es vielleicht in einem geschlossenen Raum versuchen.« Ich sah auf die Uhr, es war halb zehn.

Wir erwachten um zwei Uhr nachmittags, in meinem Bett, weil die Hunde bellten. Ich hatte den einen auf die Terrasse und den andern ins Badezimmer gesperrt, und jetzt bellten beide vor Hunger. Auch wir hatten Hunger. Liza Baldwin ist nackt in die Küche gegangen und hat für uns alle etwas hergerichtet, mitten in diesem Durcheinander.

Vier

Herrlicher Sonnentag. Der amerikanische Frühling kommt mit dem Gehabe eines Hausherrn, der sein Landhaus wieder aufschließt, die Fenster aufreißt und den Ballon losbindet, der immer noch *happy new year* wünscht.

Alles, was gestern passiert ist, tröstet mich zumindest insoweit, daß ich heiter abreise, mit der Erinnerung an etwas, das den Papierschmetterlingen von Florence Baker ähnelt: eine Begegnung, die den Vorzug der Unschuld hat, von beiden Seiten. Liza Baldwin fuhr zu ihrer Mutter heim, um ihr den Hund zurückzubringen, eine Stunde später war sie schon wieder da, mit einer großen Tasche für die Nacht. Es ist beschlossene Sache, daß sie bei meiner Abreise Melampus zu sich nimmt.

Ich lese, daß zwei Universitätsstudenten einen Computer gemietet und unter ihren Kommilitonen einen Fragebogen über deren Interessen und Neigungen verteilt haben. Der Student oder die Studentin ohne Freunde, die mit Schrecken das Weekend herannahen sehen, wenden sich hilfesuchend an den Computer, und dieser wählt auf der Grundlage von Charakter und Neigungen des Anfragenden: Er schlägt die verwandte Seele vor, samt Telefonnummer. Auf diese Weise kommen Begegnungen zwischen Menschen zustande, die Bach lieben oder schon einmal in Griechenland waren oder Gedichte schreiben, kurz, die Themen haben, über die sie miteinander reden können. Man geht davon aus, daß sie sich nach kurzer Zeit nett finden und sich später sogar lieben.

Macht die Maschine Fehler? Ein Mädchen bekam die Adresse eines anderen Mädchens, ein Junge die seiner Schwester. Die Maschine besitzt keine Ironie.

Naivität des Computers, der die Liebe als eine auf gemeinsamen Interessen basierende Vereinbarung betrachtet, während sie doch nur aus dem dunklen Verlangen in uns entstehen kann, die kindlichen Niederlagen zu wiederholen. Die Liebe beginnt, wenn wir merken, daß wir uns wieder einmal geirrt haben. Aber was weiß die Kybernetik schon von solchen Dingen?

»Man könnte eine Geschichte daraus machen«, sagt Liza Baldwin.

Eine Erzählung, die in der allernächsten Zukunft spielt, wenn die Maschinen die Bürokraten abgelöst haben werden. Das fiel mir heute ein, als ich mit Liza Baldwin und meinem Hund im Central Park spazierenging. Zwei ganz junge Leute, vergammelt und bildhübsch, liefen eng umschlungen vor uns her, küßten sich und schauten einander tief in die Augen, immer nahe daran, zu stolpern und gegen einen Baum zu schlagen. Sie schienen einem pompös-dekorativen Impuls zu gehorchen, sie repräsentierten die Rhetorik der freien Liebe, wie sie sich die Werbeagenturen vorstellen.

»Liza«, habe ich gesagt, »die Liebe ist etwas zu Ernstes, als daß man sie den Kindern überlassen dürfte. Die halten sie für ein Ballett oder eine Shakespeare-Aufführung im Freien, für etwas, das sich ad infinitum wiederholen läßt, wie in den Schäferszenen auf den Tapeten. Ihr Vorbild sind immer Romeo und Julia, aber sie wissen nicht, daß bei Romeo und Julia zwei Alte, nicht zwei Junge, das Sagen haben und daß ihre Liebe die letzte, bewußte und verzweifelte Liebe ist, nicht die erste. Stellen wir uns vor, diese beiden jungen Leute hätten beschlossen zu heiraten und säßen jetzt im Gras, um den Fragebogen für die Heiratsgenehmigung auszufüllen, die man in der Zukunft nicht mehr ohne weiteres erhalten wird. Jeder soll zweihundert ganz einfache oder zumindest einfach erscheinende Fragen beantworten müssen. Sie lachen beim Lesen. Wieviel ist zwei plus drei? Beschreiben Sie den Mond. Darf eine Katze den König anschauen? Was ist ein Bett? Und ein Bettvorleger? Welchen Sexualquotienten schreiben Sie sich zu? (Normale Werte liegen zwischen fünfzig und einhundertzehn.) Und so weiter. Nachdem sie den Fragebogen ausgefüllt haben, gehen sie da vorn an die Ecke und stecken ihn in den städtischen Computer. Solche Apparate stehen auch in den Tanzlokalen, in den Kettenrestaurants, in den Museen, in den Kinos, kurz, an all den Orten, wo junge Leute für gewöhnlich entdecken, daß sie füreinander bestimmt sind. Sie stecken den Fragebogen also in die Maschine; doch die läßt, anstatt Reis zu streuen und Mendelssohn zu spielen, die rote Lampe aufleuchten und schickt das Blatt mit einem quer darübergedruckten ›*Positively no*‹ wieder zurück. Die zwei jungen Leute sind empört. Sie traktieren die Maschine mit Fußtritten und sagen: ›Das ist unmöglich, die muß kaputt sein, wir lieben uns doch!‹ Verstört laufen sie ziellos durch die Stadt. Als es Abend wird, beschließen sie, ihre Liebe trotzdem zu vollziehen. Sie landen in einer Hafenabsteige der West Side, wo der Besitzer so tut, als glaube er ihnen, daß sie das nötige Alter haben. Sie schließen sich in ihr Zimmer ein und beginnen schweigend, aber entschlossen, sich gegenseitig umzubringen, indem einer voll Wut auf den anderen einschlägt.«

»Das könnte eine wahre Geschichte sein«, sagte Liza Baldwin nachdenklich, »ich glaube sie zu kennen.«

Eine Stunde im Metropolitan Museum, auch um dort zu Mittag zu essen. Im Saal mit den kurzfristigen Leihgaben – wo man auf völlig unvermutete Bilder stößt, die von ihren in Ferien weilenden Besitzern zum Schutz vor Diebstahl hier deponiert werden, aber auch damit man sie anschauen kann – bin ich lange vor einem kleinen Claude Monet stehengeblieben:

The cabin of customs watch, sagen wir also ruhig »Das Haus der Zöllner«.*

Vergessen hast du das Haus der Zöllner
hoch über dem Riff auf hängendem Felsen …

Es scheint, daß der Maler wie der Dichter ihre Erinnerungen aus dem gleichen Blickwinkel festhalten wollten: Das Meer ist blaß im Hintergrund zu sehen, also »am fliehenden Horizont«. Zwei nicht genau erkennbare Figuren sind fast im Begriff, sich von »der Klippe steilem Fall« gleiten zu lassen, und so weiter.

Seit Jahren peitscht der Südwind sein Gemäuer,
da auch dein Lachen nicht mehr fröhlich scholl …

Verse, die eine Jugend in Gefangenschaft getröstet haben. Aber Liza Baldwin ist frei geboren. Sie gab Zeichen der Ungeduld von sich. »Laß uns nach Hause gehen«, sagte sie. Ihre Augen sind grün und hellgrau und veränderlich, mit ein wenig geschwollenen Lidern, doch voll guter Laune, wie bei einer kleinen Schwindlerin im Schulalter.

Ich merke, daß ihr dunkelster Punkt Paris ist. »Erzähl mir doch ein bißchen von Paris«, habe ich zu ihr gesagt.

»Ach, Paris … Ich wollte eine Erfahrung machen, aber für meine Generation ist das zu spät. In Paris gibt es immer noch Amerikaner, die versuchen, den großen Roman im Hotelzimmer zu schreiben, und dann als Gourmets enden. Ich habe so einen gekannt: Jedesmal, wenn ich ihn traf, saß er in einem Restaurant, bei Lipp oder bei Alexandre, und immer verdrückte er gerade ein riesiges Beefsteak oder ein Filet à la Tartare, im-

* Gedicht von Eugenio Montale (La casa dei doganieri), hier zitiert nach der Übersetzung von Herbert Frenzel.

mer. Alle diskutieren, definieren, wollen etwas auf den Punkt bringen, brüllen einen an, sobald man etwas Falsches sagt. Alle wollen dich ständig belehren. Doch Franzosen habe ich nur wenige kennengelernt.«

»Und die Stadt?«

»Am Anfang hat sie mir nicht gefallen, dann fing ich an, sie zu verstehen: Nach zwei Monaten liebte ich sie. Die *boulangeries*, die *bar-tabac*, die Unterhaltungen mit den einfachen Leuten und den Kellnern. Ich wollte *art et décoration* studieren und stellte mir vor, Bühnenbildnerin zu werden. Ich hatte begriffen, daß ich ganz von vorn anfangen mußte, daß wir Amerikaner den ersten Akt versäumt haben – und heutzutage wird dieser erste Akt für uns wiederholt, die ganze künstlerische Revolution von vor den zwanziger Jahren an. Ich bin in einer Gruppe von Malern, Schriftstellern, Schauspielern gelandet, wir lebten fast zusammen. Ich war ganz fasziniert von ihrer Art zu leben, von ihrer Armut, von ihrer Vorurteilslosigkeit. Am Abend aßen wir oft in meinem Atelier, ich habe gekocht, es war schön.«

»Du hattest einen Freund, nehme ich an.«

»Natürlich. Am Anfang sogar mehr als einen, *tentatively*. Dann habe ich mich verliebt. Aber das ist ein anderes Kapitel.«

»Reden wir darüber«, sagte ich lachend.

»Interessiert dich das wirklich? Es war ein junger arbeitsloser Schauspieler; um leben zu können, machte er alles, vom Filmkomparsen bis zum Kühlschrankvertreter, mit einer abgrundtiefen Verachtung für den Rest der Menschheit. Geliebt hat er nur sich selbst. Ich fürchtete seinen Spott und hielt seine Vulgarität für Ungezwungenheit. Er fing an, mir Rendezvous mit Freunden vorzuschlagen. Eines Tages stellte er mir einen davon vor, hübsch und grob, die beiden lachten die ganze Zeit über etwas, das ich nicht verstand, und ich sah in seinen Augen ein widerwärtiges Glitzern, wie bei einer alten Kupplerin. An das, was dann passiert ist, will ich mich nicht mehr erinnern – und vielleicht ist es auch gar nicht passiert. Wir waren in einem

Atelier in der Rue St. Jacques, in meinem. Am nächsten Morgen ging ich in aller Frühe weg und ließ alles zurück, ich war völlig verstört.«

»Warum hast du alles zurückgelassen? Was war denn passiert?«

Sie schweigt einen Augenblick, zuckt die Achseln und fährt dann fort:

»An diesem Morgen fand ich mich an der Seine wieder, ich stand an die Quaimauer gelehnt, nicht weit von Notre Dame. Ich würde ein paar Tage auf Geld warten müssen, um abreisen zu können. Da hielt ein großer Müllwagen, der Fahrer war ein junger Straßenkehrer, mit diesem ironischen und offenen Gesicht, wie es in Paris die Leute haben, die auf die Barrikaden gehen. Während die anderen die Tonnen ausleerten, öffnete er die Wagentür und lächelte mir zu; wir fingen an, miteinander zu reden. Ich weiß nicht, warum ich ihm erzählt habe, daß ich allein sei und alles aufgegeben hätte und nun auf Geld warten müßte. Er sagte: ›Mach dir keine Sorgen, *c'est pas un problème*, du kommst einfach zu mir, ich hol' dich hier mittags ab, wenn ich mit meiner Tour fertig bin.‹ Seit damals habe ich immer gedacht, daß das die richtige Lösung gewesen wäre.«

Ich hatte das Gefühl, daß sie erfinde, und zwar schlecht, nach dem Klischee bestimmter alter Filme: das amerikanische Mädchen in Paris, die Begegnung mit dem Straßenkehrer, und dazu die Musik von Gershwin. Mir kam auch ihr kitschiger Auftritt in dem kleinen Psychodrama-Theater wieder in den Sinn.

»Eine romantische Lösung«, sagte ich nicht ohne Ironie.

»Nein, die richtige. Ich habe oft versucht, mir seine Wohnung vorzustellen. Mir ist sogar, als wäre ich tatsächlich dort gewesen und hätte mit ihm gelebt. Aber nicht wie in einem Backfischtraum, die Sache ist ernster.« Nach einer Pause fügte sie sanft hinzu: »Ich habe oft masturbiert und dabei an diese Geschichte gedacht.«

Ich war zerstreut, schaute zum Fenster. Da fühlte ich ihren leichten und bestimmten Druck auf meinem Arm: den Druck Melampos, wenn er die Aufmerksamkeit auf sich lenken will.

»Gut, und weiter?«

»Soll ich noch mehr erzählen? Eines Tages war ich in einem Café, das fast leer war. Nur zwei Arbeiter im blauen Overall saßen da und tranken: ein junger und ein älterer. Der junge saß mit dem Rücken zu mir, der ältere beachtete mich nicht. Dann kamen zwei Frauen und ein Mann herein, die sich an den Tisch neben mir setzten. Die Frauen waren vom Gewerbe und der Mann ein Kunde oder ein Zuhälter. Sie lächelten mir zu. Ich war nicht mehr nüchtern und lächelte zurück. Sie fragten mich, ob ich nicht mit ihnen kommen wollte, nur für ein paar Stunden, und sie erklärten mir haargenau, was sie mit mir machen würden. Ich war fasziniert, wußte nicht, was ich antworten sollte, wollte ihre Stimmen hören, die ruhig und unverstellt klangen. Wenn ich mit ihnen gegangen wäre, hätte ich alles vergessen können; sie waren in meine Schönheit verliebt.«

»Wie alt warst du damals?«

»Zwanzig. Das ist im vorigen Jahr passiert.«

»Und dann? Erzähl weiter.«

»Und dann, nichts. Eine halbe Stunde lang beschrieben sie mir die Wonnen, die sie mir bereiten würden. Und was sie alles für mich tun wollten. Die französische Sprache ist präzis, auch in der Pornologie, sie redeten wie drei Ärzte oder drei Köche. Ich fühlte, daß auch das eine Lösung wäre: den Weg bis zu Ende zu gehen. Eine zwar etwas haarsträubende Lösung, aber eine lebendige. Ja, ja, ja, sagte ich, um nicht unhöflich oder provinziell zu erscheinen. Der junge Arbeiter, der mit dem Rücken zu mir saß, stand auf, und beim Hinausgehen ging er an meinem Tisch vorbei und legte mir freundlich die Hand auf den Arm. Er konnte unsere Unterhaltung nicht gehört haben, weil wir sehr leise sprachen. ›Geh nicht mit‹, sagte er, mit dem müden Ernst eines alten Freundes. Da siehst du, was mir von Paris geblieben ist, sind zwei Arbeiter.«

»Sind das deine ganzen Erinnerungen an Paris ?«

»Nein. Da ist noch ein anderer Tag, mein letzter, ein Sonntag: Ich war gegen fünf Uhr nachmittags zu Notre Dame gegangen; die Menge strömte durchs Hauptportal hinein und heraus, Amerikaner fotografierten sich gegenseitig, und einer maß die Belichtung für die Rosette. Dann zu den Quais an der Seine, die Neger mit den Blondinen, die Liebespaare, die den Boulevard hinaufspazierten, dieser Geruch nach Zukker, der zu den Pariser Abenden gehört, vermischt mit dem nach Vanille und dem Duft der blühenden Kastanien. Ich bin noch nie so allein gewesen. Zwischen den Steinen des Hôtel de Cluny sprossen rote Blumen. Plötzlich wünschte ich mir, ich wäre ein Hund, damit mich die Leute, die an den Tischen saßen, streichelten. Mein Gott, diese Frauen, zwischen Senf und Würstchen, wie glücklich mußten die sein. Fahnen hingen über dem Grau der Häuser, zwei hoch oben auf Notre Dame, und unten an der Seine die Liebespaare, gänzlich ungeniert in der Dämmerung. Dann blieb ich bei den Bouquinisten stehen und kaufte mir eine Erstausgabe der Gedichte von Francis Jammes. Das war alles.«

»Clara d'Ellebeuse«, sagte ich.

Sie sah mich überrascht an: »Ja, Clara d'Ellebeuse … ›*Et ils avaient beaucoup d'enfants, sachant les faire …*‹ Aber mir gefällt ein anderes, das so anfängt: ›*Je regardais le ciel et je ne voyais que le ciel gris …*‹ Es war das erste, das ich gelesen habe, als ich den Band aufschlug, und daraufhin habe ich ihn sofort gekauft. Erinnerst du dich an das Gedicht?«

Sie bestand darauf, es mir aufzusagen. Ich vermied es, sie dabei anzusehen; ich genierte mich ein wenig für sie. Als sie fertig war, sagte ich: »Ich verstehe nicht, wie du Jammes mit Ginsberg vereinbaren kannst.«

»Aber ich verabscheue Ginsberg, er fasziniert mich bloß.«

Liza Baldwin: Sie kommt mir vor wie manche Frauen aus dem Volk, die ohne Schlüpfer in der Wohnung herumlaufen, weil sie wissen, daß ihr Mann jeden Moment heimkommen kann und sie nehmen will, schweigend, womöglich von hinten. Und die sich danach bloß schütteln wie die Hühner und sich auch nicht waschen, der Mann hat sie mit jenem »Brahman« erfüllt, das sie singen und kochen und vor den Nachbarinnen das Haupt heben läßt: Er hat sie »gebraucht«, wie man bei uns auf dem Land sagt.

Ich habe angerufen, um meinen Flug um eine Woche zu verschieben, und bin wieder in mein altes Hotel gezogen. Plötzlich hat mich eine wahnsinnige Lust zu schreiben gepackt. In einem Taxi sah ich ein Schild: *Cheer up! Things could be worse – You could have my job.*

Fünf

Ein Abend mit Riccardo T., bei ihm zu Hause, zusammen mit Longhi. Vor längerer Zeit hatte ich Riccardo um ein paar Ratschläge wegen meiner Story gebeten, dann aber nichts mehr von ihm gehört. Heute morgen rief er mich an und lud mich zum Abendessen ein, um in Ruhe über die Sache zu reden. Eine etwas übertriebene Ruhe, dachte ich, nach sechs Monaten, und jetzt, wo ich dabei bin abzureisen.

Also, er hat die Geschichte gelesen, und sie gefällt ihm nicht. Ich hatte nicht das Herz, ihm zu gestehen, daß ohnehin alles ins Wasser gefallen sei und sich sein Urteil mit dem der Produzenten decke. Riccardo hat mir gleich beim erstenmal ein Gefühl von Vertrauen und Sympathie eingeflößt; er ist um die Vierzig und besitzt den konzentrierten Gesichtsausdruck jener gutmütigen Norditaliener, die immer alles verstehen wollen und die Unterhaltung für gewöhnlich damit beginnen, daß sie eine rein rhetorische Äußerung über ein rein rhetorisch aufgeworfenes Problem erbitten. Er lebt seit vielen Jahren in Amerika, was seine Offenheit geradezu auf die Spitze getrieben hat. »Man könnte einen guten Film daraus machen«, sagte er, »aber ich hasse das Kino. Der Film ist dabei, die Realität zu verraten, und er liefert falsche Informationen über das Leben. Das gilt für den gewöhnlichen Film. Der experimentelle Film liefert dafür falsche Informationen über die Träume.«

In seinem *living room* ist der Tisch abseits gedeckt, vor der Küche, in der eine Negerin mit dem Ausdruck unverhohlener Mißbilligung herumwirtschaftet. An der gegenüberliegenden

Seite sitzen auf einem Sofa eine junge Frau und ein junger Amerikaner, gegenseitig in stumme Bewunderung versunken. Der hastigen Vorstellung entnehme ich, daß es sich um Riccardos Frau handelt; das heißt, sie war bis vor vierzehn Tagen seine Frau, jetzt sind sie geschieden. Als die Negerin das Essen serviert, rührt sich das Paar nicht vom Sofa; sie blicken sich weiterhin in die Augen und reden mit leiser Stimme.

Riccardo bedeutet mir, am Tisch Platz zu nehmen, der tatsächlich nur für drei gedeckt ist. Die andern beiden werden also nicht mit von der Partie sein. Riccardo erklärt mir, daß er eine Wohnung suche und noch für ein paar Tage mit seiner Exfrau zusammenleben müsse, die natürlich empfangen könne, wen sie wolle. Wenn sie sich auf dem Gang oder an der Badezimmertür begegneten, grüßten sie einander, und das sei alles. Wenig später ziehen sich die Frau und ihr Freund in ein anderes Zimmer zurück: Über das, was sie dort wollen, besteht kein Zweifel. Schon auf dem Sofa waren ihre Blicke deutlich genug.

Das Abendessen stürzt ab in den Katalog allgemeiner Betrachtungen, während jeder unwillkürlich die Ohren spitzt, um zu hören, ob aus dem Zimmer irgendein Geräusch dringt. Zerstreut plaudert man ein wenig über alles mögliche: daß hier einer als arm gilt, wenn er nicht nach Florida reist; der Bettler hat nicht Hunger, sondern nur Durst; jenseits des Kleinbürgertums liegt das absolute Nichts, der soziale Absturz, der direkt ins Elend der Clochards führt; und dieses Nichts läßt sich nicht ausfüllen, beziehungsweise es füllt sich mit Drogensüchtigen.

»Das, was von Italien in meiner Erinnerung lebt«, sagt Riccardo, »ist das Volk, die kleinen Leute, wie man früher sagte, in den Altstadtvierteln, mit ihren Kneipen, ihren Armenküchen, ihren Kirchen, den Festen, den Pfandleihern, den Pfarrern, den Polizisten, den kleinen Handwerkern und den Lotterieannahmen, den Liebschaften, den Ausflügen ins Grüne, der Sportbegeisterung und nicht zuletzt der Überzeugung, daß die Welt draußen eindeutig schlechter sei. Vor allem die Kneipen mit den Kindern, die vor Müdigkeit fast umfallen, den Hunden, den Lichtern, den Gitarrenspielern, dem Wein, der vergnügt macht, den Frauen, die geduldig dem Gerede der Männer lauschen. Kurz, ein Grad von volkstümlichem Glück, das es hier nicht gibt und das die Armut erträglich werden läßt. Hier trinkt man nicht, um unter Freunden zu sein, sondern um sich zu besaufen. Stell dir ein Volk von enttäuschten Verliebten vor, das säuft, um zu vergessen.«

Aus dem Nebenzimmer dringt kein Laut, kein Geräusch; und aus der Küche schleicht eine große, zutrauliche Katze herein.

»Diese amerikanische Katze«, sagt Riccardo, »ist ausschließlich an Fertigfutter für Katzen gewöhnt, sie frißt nur dieses trockene Zeug, gestern hat sie mir eine Niere abgelehnt, und ihre Bedürfnisse erledigt sie auf einem Präparat, das *Kitty* heißt, einem Gemisch aus Sand, Kies und Desinfektionsmittel, das in Packungen verkauft wird und in dem sie den ganzen Tag herumscharrt. Sie hat noch nie eine Maus gesehen.«

»New York ist nicht Amerika«, sagt Longhi.

»O je«, erwidert Riccardo, »das bestätigt wieder einmal die Theorie von H.G. Wells, nach der es Amerika überhaupt nicht gibt, es sei nichts als eine geographische Mystifikation. Wells hatte es der Länge und Breite nach durchreist und war trotzdem zu diesem Schluß gelangt, denn wohin er auch kam, überall erklärte man ihm, vielleicht um ihn zu trösten: ›Das ist nicht Amerika.‹ Dabei ist Amerika genau das: ein Land, wo die Übersteigerung durch die Effizienz gemildert wird, die Gewalt durch die Aufrichtigkeit, ein Land, in dem alles passiert und zugleich das Gegenteil von allem, weshalb jeder glauben kann, er sei anderswo. Es ist das, was ich *la faute à Verazzano* nenne, der auch glaubte, New York müsse anderswo liegen, als er den Ort sah, an dem es einmal entstehen sollte, und weitersegelte, ohne haltzumachen. Er, der Florentiner, Dilettant in verschiedenen Wissenschaften und lateinisch gebildeter Literat (ich sehe mich an seiner Stelle, und auch dich und dich sehe ich da), konnte sich nicht vorstellen, sich in New York zu befinden, er begriff nichts, wie im übrigen auch wir heute nichts begreifen, denn er urteilte über etwas, das nicht im Bereich seines Bewußtseins lag.«

In diesem Moment kamen die junge Frau und ihr Freund aus dem Zimmer und gingen zur Wohnungstür. Riccardo hörte auf zu reden, und wir alle erhoben uns zu einer kurzen Verbeugung. Als die beiden weg waren, setzte sich, im allgemeinen Schweigen, die Katze auf Longhis Schoß, und während er sie streichelte, sagte er: »Es wäre interessant, diese Katzenstreufabrik zu besichtigen und bei der Herstellung des Produkts zuzuschauen, die Meinung der Techniker und der Arbeiter zu hören, dem Besitzer zu gratulieren, sich erzählen zu lassen, wie er auf die Idee verfallen ist, und so weiter. Um dann zu dem Schluß der Anthropologen zu kommen, daß das Leben des modernen Menschen auf einer Reihe von Extrapolationen aus der Wirklichkeit basiert, daß es wie eine Spirale verläuft, ins Unendliche oder in Richtung einer totalen Verkomplizierung.«

»Viele junge Leute hier wollen diese Spirale unterbrechen«, meinte Riccardo, »aber der Protest ist noch zu wirr, hochtrabend, pittoresk, sinnlich. Eines Tages wird er auch religiöse Züge annehmen. Aber dann bekommen wir es mit Orwells *Big Brother* zu tun. Wir werden ihn anbeten müssen.«

»Machen wir doch einen Film über diese jungen Leute. Da hast du die Story, nach der du suchst«, sagte Longhi.

»Ja«, erwiderte Riccardo, »um das ganze Durcheinander noch größer zu machen! Aber da wir schon beim Thema sind: Ich kann dir keine Ratschläge geben für eine Geschichte, die hier zu schreiben wäre. Ich fühle, daß die Wahrheit im Wahnsinn liegt. Im Grunde liebe ich dieses Land, und wenn ich auch überhaupt nicht begreife, was mit mir passiert, so will ich doch, daß es passiert, das ist der Punkt. Inzwischen denke ich auf englisch, und die italienische Sprache kommt mir wie ein Mittel vor, um elegante und glaubhafte Lügen zu weben. Italien ist ein Traum, den ich geträumt habe, als ich jung war.«

Die Negerin kam herein, um uns zu sagen, daß sie jetzt gehe.

»Aber wenn du unbedingt eine Geschichte haben willst, dann nimm doch die meine«, fuhr Riccardo nach einer Pause fort. »Sie ist verrückt genug. Ich habe euch heute abend zum Essen eingeladen in der Überzeugung, daß ich allein sein würde. Ihr habt meine Frau gesehen. Gut, ich habe meine Frau acht Jahre lang geliebt, wir haben einander geliebt, sind uns treu gewesen und so weiter. Vor einem Jahr habe ich ein Mädchen kennengelernt, eines von denen, die in der Modebranche arbeiten und ihre Jugend damit zubringen, Abmagerungskuren zu absolvieren und sich über alles verwundert zu zeigen. Von einer Dummheit, die gleichermaßen im Selbstmord oder in einer spektakulären Heirat enden kann. Schön und unnahbar, aber fähig, sich aus Langweile dem Nächstbesten hinzugeben. Kurz und gut, von einem Snobismus, der zum Kotzen ist. Zu Anfang irritierte sie mich. Aber ich traf sie regelmäßig in den Kreisen, die auch ich frequentieren mußte, und sie wurde mir mit der Zeit sympathisch, weil sie mich jedesmal wiedererkannte und zeigte, daß sie meine Gesellschaft vorziehe. Ich entdeckte an ihr einige Qualitäten. Zum Beispiel war sie sanft, sie hörte mir zu, und daraus zog ich den Schluß, daß sie auch intelligent sei. Ich bin nicht der Typ, der auf Abenteuer aus ist, ich gehe zwei- oder dreimal mit jemandem ins Bett und Schluß, wobei die Möglichkeit einer Freundschaft natürlich immer bestehen bleibt. Sie war einverstanden.

Abends trafen wir uns in der Halle des Bürogebäudes, wo sie wartete, bis ich mit meiner Arbeit fertig war. Dann gingen wir, um etwas zu trinken und um zu reden. Das heißt, ich redete.

Immer dieselbe eichengetäfelte Bar, die leise Musik der dreißiger Jahre, die die Zeit stehenbleiben läßt, das Klirren der

Eiswürfel und diese unnachahmliche New Yorker Klientel, die einfach zu trinken versteht. Draußen der Schnee, der Regen oder die Kälte.

Und so fing ich an, meiner Frau gegenüber Entschuldigungen zu erfinden, warum ich nicht zum Abendessen heimkäme, und genau daran erkannte ich, daß ich dieses Unglücksding liebte. Oh, auf völlig Fitzgeraldianische Weise, als ein unerläßliches Element meiner New Yorker Melancholie. Eines Tages sagte ich ihr das, um Schluß zu machen. Schließlich wollte ich sie ja nicht heiraten. Doch sie warf mir die Arme um den Hals und hörte nicht auf zu beteuern, daß wir unbedingt heiraten müßten, daß ich der Mann für sie sei, ihr Fels, daß wir eine Weile auf irgendeiner Karibikinsel leben würden, daß keiner uns unser Glück streitig machen dürfe.

Ich bat um Bedenkzeit, überzeugt, einen Ausweg zu finden. Bei den ersten Malen hatte sie mir auch von ihren Männerbekanntschaften erzählt, vor allem von einem gewissen Harry, der für sie ein ironischer und leidenschaftlicher Lehrmeister gewesen sei, worin, das könnt ihr euch denken. Eines Tages sagt sie zu mir: ›Ich möchte, daß du ihn kennenlernst, ich habe ihm von dir erzählt, essen wir morgen abend zusammen?‹ Wir saßen gerade in einem italienischen Restaurant, ich fühlte so etwas wie einen Schlag in die Magengrube, Signal der schwärzesten Eifersucht. Alles, was sie mir von Harry erzählt hatte, seine erotischen Heldentaten, seine elegante und soignierte Art, sich nie von der Leidenschaft überwältigen zu lassen, ließen ihn in meiner Vorstellung verächtlich erscheinen. Und möglicherweise traf sie sich von Zeit zu Zeit immer noch mit ihm und erzählte ihm von mir. Sie nannte ihn ihren Meister. Ich sah sie an, ohne sie zu sehen. Und sie: ›Er ist ein außergewöhnlicher Mann.‹ Und ich: ›Du hast ihn schon angerufen, nehme ich an.‹ ›Morgen abend ist er frei.‹

Ich ließ sie zu Ende essen – ich selbst hatte nur noch das Bedürfnis zu speien. Mir war bereits klar, daß ich nie wieder einen Fuß in dieses Lokal setzen würde. Draußen regnete es. Anstatt zu ihr nach Hause zu gehen, landeten wir in der Bar eines Hotels, und später stiegen wir in eins der Zimmer hinauf. Das Fenster ging auf einen engen Hof, gegenüber die brennenden Lichter eines leeren Büros. Das Hotel war trist und schmutzig. Ich versuchte ihr klarzumachen, wie absurd ihr Vorschlag sei und nicht zuletzt wie kränkend für mich. Ob sie etwa Harrys Billigung brauche? Und sie, weinend: ›Aber verstehst du denn nicht, du und Harry, ihr seid das Schönste in meinem ganzen Leben, ich wollte einfach, daß ihr euch kennenlernt.‹ Ich warf mich aufs Bett, ohne ihr zu antworten; die amerikanische Logik konnte ich nicht nachvollziehen. Sie dagegen lief ins Bad, um sich die Pulsadern aufzuschneiden, und ich mußte ihr die Klinge aus der Hand reißen, wobei ich mich selbst in den Finger schnitt. Ihr könnt euch vorstellen, wie es ausging, zwischen Tränen, Ohrfeigen und Schwüren.

Beim Morgengrauen waren wir uns über alles einig: Aus Vorsicht würden wir uns nicht mehr sehen, bis ich die Scheidung erhalten hätte. Ja, sie sollte verreisen. Mit aufrichtigem Kummer sagte ich noch am selben Tag meiner Frau, daß ich nunmehr dieses Mädchen liebte; und sie, nicht einmal sonderlich verwundert, entgegnete mir mit großem Stolz, sie habe verstanden. ›Und da es nun einmal sein muß, laß es uns gleich hinter uns bringen.‹ Es gibt also keinerlei Hindernisse, alles verläuft glatt, das Mädchen schreibt mir von den Bahamas, dann aus Acapulco. Danach kommen die Briefe, die ich ihr geschrieben habe, zurück, da sie offensichtlich ständig den Aufenthaltsort wechselt. Vierzehn Tage später ist es soweit: Ich bin frei, aber ich weiß nicht, wie ich es ihr mitteilen soll. Drei Tage danach ist sie aus Mexiko zurückgekommen. Sie kam wie gewöhnlich ins Büro, zeigte sich überrascht, wußte nicht, was sie sagen sollte. In der Bar hat sie mir dann seufzend gestanden, sie habe in der Zwischenzeit einen anderen geheiratet.«

»Harry hoffentlich«, sagt Longhi.

»Nein, das wäre zu einfach. Um euch alles zu erzählen: Sie hat einen Päderasten geheiratet, sozusagen um etwas Nützliches, Soziales und zugleich Ungewöhnliches zu tun. Aber man braucht gegenseitige Liebe deshalb nicht auszuschließen, eine Liebe, die auf Elementen basiert, die sich unserem Bewußtsein als Vierzigjährige entziehen; oder es handelt sich um eine besondere Art, die Ehe zu sehen: als ironische Verschmelzung, als gegenseitige Metamorphose, als einen Fluchtweg aus dem Rationalen. Ich schreibe derzeit an einer langen Untersuchung über die Ausbreitung der Droge. Ich habe meine eigene Theorie über die Droge: Sie ist ein Virus, das über die Träume in den Organismus gelangt. Es ist nicht notwendig, sie zu nehmen. Es genügt, daß die anderen sie nehmen. Die Epidemie breitet sich aus wie die Pest bei Artaud, auf psychischen Wegen; sie ändert langsam die Sicht der Dinge, sie ändert unsere Natur. Wir drei sind bereits anders als gestern. Statistisch gesehen, kann ich jeden Morgen im Panzer eines riesigen Käfers aufwachen, wie Gregor Samsa, nach wie vor mit meiner nach Gerechtigkeit und Freiheit dürstenden Seele, aber voll konfuser Träume. Doch um auf meine Freundin zurückzukomrnen, das könnte doch eine Story abgeben, oder?«

»Es ist eine großartige Story«, sage ich; »ich mußte immer an die Allegri von Mozart denken, die einen durch ihr Übermaß an Brio zu Tränen rühren.«

»Der Schluß ist tatsächlich bewegend: Jetzt ist es nämlich meine Frau, die mir Kopfzerbrechen macht, ja, ich muß sagen, es war ein schwerer Schlag.«

Longhi lachte kopfschüttelnd. Und um Riccardos Spannung abzubauen, aber auch aufgrund seiner natürlichen Indifferenz als venezianischer Signore den Wechselfällen und Schmerzen des Lebens gegenüber – die sich immer irgendwie auflösen, da die Philosophie des Alltags schlicht in der Weigerung besteht, den Schatten und Gespenstern der Tragödie

Zutritt zu unserem kleinen Fest zu gewähren (Venedig, diese Stadt, wo ein Schatten soviel ist wie ein Glas Wein, und man trinkt) – konstatierte er: »Also, kurz gesagt, du sitzt in der Sch…«, doch ganz trocken, abschließend, im Kneipenton, so daß auch Riccardo lachen mußte. Dann fuhr er fort: »Ich übrigens auch. Das Problem besteht heutzutage darin, mit der eigenen Frau klarzukommen, die Geliebten sind ein Kinderspiel im Vergleich zu den Ehefrauen. Wenn er seine Wahl auf der Stufe einer gewissen geistigen Reife trifft, begeht der Mann den katholischen Irrtum, sein eigenes Gewissen zu heiraten. Schon als Junge habe ich mich immer in die Kameradinnen verliebt, die bei meinen Scherzen nicht lachten und mich für oberflächlich hielten. Der letzte Psychoanalytiker wird euch sagen, daß ich die Liebe zu meiner Mutter wiederholte, die bei uns Südländern das Gewissen ersetzt. Aber man kann nicht leben mit seinem eigenen Gewissen – und genausowenig ohne, das ist das Problem.« Er wandte sich zu mir: »Am besten bist du dran, lieber Fabro, du hast keine Frau und kannst Fehler machen, bis dir davon schlecht wird.«

Ich sprach von den Nachteilen der Einsamkeit für einen Mann meines Alters. Das Wissen, daß niemand auf dich wartet, daß du mitten in der Nacht zu einer Reise aufbrechen kannst, ohne Erklärungen geben zu müssen, womit die Reise aber ihren Reiz verliert, von der uneingeschränkten Freiheit des eigenen Handelns, die jedoch nichts Berauschendes an sich hat, sondern so selbstverständlich ist wie das Atmen. Mit zunehmendem Alter wird man sich bewußt, daß man allein denkt, allein spricht – es ist, als würfe man einen Ball gegen die Wand. Und daß es einem nicht mehr gelingt, jemanden zu lieben, eben weil es einem niemand verbietet. Eine Frau zu haben ist vielleicht die erste Bedingung, um sich verlieben zu können.

Von Paradox zu Paradox erreichten wir schließlich Mitternacht. Bevor wir gingen, rief ich bei Liza Baldwin an, es meldete sich die Mutter, verschlafen und bedauernd.

Im Taxi wurde Longhi von einem Lachanfall geschüttelt, als er an Riccardos Geschichte dachte. Ein wenig unfair, versuchten wir uns Riccardos Leben mit seiner Frau vorzustellen, während der Zeit, in der sie noch zusammenwohnen müßten. »Denn jetzt liebt Riccardo seine Frau, wie du wohl verstanden hast. Eines Nachts wird sie in sein Zimmer kommen und ihm von ihren Liebesproblemen erzählen. Und Riccardo wird verständnisvoll sein, wundervolle Ratschläge erteilen, und so weiter. Oder er wird von den Geräuschen aufwachen, die die beiden im Nebenzimmer veranstalten.« Unser Lachen erstickte nicht ohne Bitterkeit in den Fransen dieser angemoderten Komödie.

Ich ging ins Hotel und dachte an Liza Baldwin: Ohne sie fühle ich mich wie eine jener Herbstfliegen, die sich auf dem Lampenschirm niederlassen und an den Winter denken und sich dabei die Hände reiben, die Hände, nicht die Beine. Ich empfand den unangenehmen Stich des Irrtums, der näher kommt.

Als ich das Appartement betrat, roch ich ihren warmen Duft: Liza Baldwin schlief zu Füßen des Bettes, auf dem Teppich. Sie hatte also auf mich gewartet, allein zu Abend gegessen und war vielleicht betrunken oder Schlimmeres. Für einen Augenblick blieb ich stehen, um sie zu betrachten, überrascht, sie so klein und hilflos zu sehen, in der hellen Wärme ihrer Haut, die das Licht der Lampe auf sich zog, ja das ganze Zimmer zu erleuchten schien.

Als ich mich zu ihr beugte, sprang sie auf und umarmte mich mit fröhlicher Wildheit, ohne etwas zu sagen, ohne auch nur abzuwarten, daß ich mich auszog, wie ein junges, unbezähmbares Tier.

Am Badezimmerspiegel hat Liza zwei große Fotografien angebracht, eine von ihr und eine von mir. Morgen reise ich ab.

Ich kann nicht schlafen. Die Polizei fährt vorbei, die Feuerwehr fährt vorbei. O Stadt der Gelegenheiten und der Feuerwehren!

Sechs

Mai. Chappaqua. Nach zwei Monaten Pause habe ich mein Tagebuch wieder hervorgeholt. Ich las ein paar Seiten darin, und es schien mir, als hätte sie ein anderer geschrieben. Die Sonne geht gerade auf, Liza hat sich im Gästezimmer eingeschlossen und schläft vielleicht, im Haus ist es ganz still. Was ich draußen vor dem Fenster sehe, ist überschaubar, ländlich, fremd. Und das, was mit mir passiert, beunruhigend.

Heute nacht war es schwül. Liza Baldwin und ich kamen von einer Party zurück, bei irgendwelchen Freunden aus Rowayton, Intellektuellen, denen ich voll Stolz vorgestellt wurde. Unsere derzeitige Bleibe befindet sich in der Millwood Road von Chappaqua, etwa zwei Meilen vom Bahnhof, in einer Landschaft aus Hügeln, genauer gesagt leichtbewaldeten Hängen, mit alten, zum Teil geradezu ehrwürdigen Holzhäusern. Chappaqua liegt eine Zugstunde von New York entfernt, auf der Strecke, die in Bedford Hills endet. Wir kamen beide müde und erbittert heim. Ich wegen der Zeit, die ich vergeude, und weil die Erzählungen mir nicht mehr gefallen. Ich habe sie mit Hingabe überarbeitet, unter Bedingungen, von denen alle schlechten Schriftsteller träumen: in einem Haus auf dem Land, mit einer blutjungen und verliebten Frau zur Seite. Und jetzt kommt mir der Verdacht, daß sie mir unter den Händen gealtert sein könnten. Vielleicht hat Liza Baldwin in meine Existenz – genauer gesagt, in meine Art, diese Existenz zu beurteilen – ein perfektionistisches Element gebracht, das alles übrige, die Vergangenheit, farblos macht. Wie das neue Bild, das, sobald es an der Wand hängt, die anderen Bilder im Zimmer armselig erscheinen läßt.

Liza Baldwin dagegen war über etwas beunruhigt, das sie offenbar in sich aufkeimen fühlt: eine irrationale und ungestüme Aufmerksamkeit mir gegenüber. Sie sieht mich in einem Netz aus Lüge und Unentschlossenheit. Ich glaube, daß sie mich verabscheut. Nach unserer ersten Liebeswoche und nachdem ich zu der Überzeugung gelangt war, daß meine Abreise sinnlos sei, hatten wir beschlossen, beisammenzubleiben und aufs Land zu ziehen, weg von einer Stadt, die uns zwangsläufig täglich für ein paar Stunden trennen mußte.

Hier würden wir arbeiten: Das ist immer die Illusion solcher Umzüge. Und außerdem in den schönen Gärten unserer Triebe nach etwas suchen, an dem wir genesen könnten. Das Haus ist behaglich, alt, möbliert und die Miete erträglich. All das hat Liza gefunden, an einem Tag. Sie hat ihr Künstlergepäck mitgebracht und angefangen zu malen. Mit Vorliebe malt sie ein einziges Bild, nämlich die *Composition in Gelb, Rot und Blau* (1930) von Mondrian, aber in einer impressionistischen Manier, bei der sie absichtlich die Farben ineinanderfließen läßt, um das rationale Gefüge der Komposition zu zerstören. Ich rette mich hin und wieder durch eine Fahrt nach New York. Der Vorwand ist immer derselbe: Kampf, der Verleger, der eine meiner Erzählungen gelesen, übersetzt und gut gefunden hat und jetzt auf die anderen wartet. In Wirklichkeit ist es jedoch Florence Baker, die mich ruft, wenn ihr englischer Gatte verreisen muß. Sie hat meine Situation akzeptiert, wir vertragen uns gut, der Ehebruch verbindet uns jetzt wie eine gemeinsame Arbeit. Wir sehen uns bei ihr zu Hause, für ein paar Stunden, denn mein letzter Zug verläßt New York um elf Uhr, und ich komme dann um Mitternacht heim, in der Hoffnung, Liza Baldwin schlafend vorzufinden, während sie immer noch auf ist, unruhig und wie abwesend; das letztemal strich sie um mich herum, als wolle sie Gerüche wahrnehmen, die nur sie roch.

Irgendwie sehe ich in Florence Baker meine letzte Bastion: In ihren Busen schütte ich etwas von dem Kummer, der mir aus diesem ganzen Durcheinander erwächst: mit Liza, meinen mißglückten Erzählungen, meinem Wunsch, nach Italien zurückzukehren, und der sich immer mehr zuspitzenden Angst, in eine endgültige Liebe zu verfallen. Liza Baldwin ist zu viele Jahre jünger als ich. Meine Angst entfaltet zögernd ihre Symptomatik: die Möglichkeit, daß Liza plötzlich weggehen oder sich auch nur verweigern könnte, weil ihr eine ruhigere und endgültige Art unserer Verbindung vor Augen steht: das heißt die Ehe. »Wir müssen uns daran gewöhnen, zusammenzuleben«, sagt sie, »und nicht so zu tun, als ob es immer der erste Tag wäre.« Doch genau das ist es, was ich (in einem Widerspruch, den ich nicht auflösen kann) fürchte: die Gewohnheit, das Alltagsleben, die endgültige Unterwerfung unter Liza Baldwin. In dem jetzigen instabilen Gleichgewicht kann ich sie halten, in der Erstarrung würde ich sie verlieren, denke ich.

Wo war ich stehengeblieben? Heute nacht ist Liza statt ins Haus zu dem kleinen Weiher gegangen, genauer gesagt einem Wasserreservoir, das hinter der Garage liegt und im Sommer, nehme ich an, als Schwimmgelegenheit dient. Dieser Weiher ist kaum einen halben Hektar groß, umgeben von Büschen, Bäumen und Felsen, am Fuß des Hügels. Im Mondlicht erschien er von einer gefährlichen Schönheit.

Liza Baldwin ging auf den Steg hinaus, der als Anlegestelle dient (das Boot liegt leck am Ufer), und ließ sich ins Wasser fallen, einfach so, wie ein Sack, in einer Art Protest gegen etwas Unbestimmtes, in Wirklichkeit gegen mich. Sie schwamm am Ufer entlang, ohne mich aus den Augen zu lassen. Als sie triefnaß aus dem Wasser kam, schüttelte sie sich heftig und sagte: »Brrr, das reicht.« Sie zitterte vor Kälte.

In der Küche zog sie sich aus, ließ alles auf dem Boden liegen und ging ins Schlafzimmer hinauf. Mir kamen bestimmte

Modelle in den Sinn, Gattinnen oder Geliebte des Künstlers, die auf altmodischen Gemälden (jetzt in die Magazine der Galerien verbannt, doch manchmal sieht man noch eins in irgendeinem Notarsbüro) vom Atelier Besitz ergreifen, wie echte nackte Frauen, leidenschaftlich begehrt und Musen zugleich. Ich ließ Liza gehen und setzte mich hin, um das übliche Blatt, das immer in der Schreibmaschine bleibt, noch einmal durchzulesen, als sie oben auf der Treppe wieder erschien, diesmal wie die Vignette für die limitierte Ausgabe eines *poète maudit*, mit ihrem zierlichen, gewölbten Körper, und mich fragte, ob ich noch unten bleiben und arbeiten wolle. Ich antwortete: »Als ob man arbeiten könnte, wenn man dauernd abgelenkt wird!«

Schließlich führte mich das Verlangen nach ihr doch ins Bett. Liza lag da und wartete, schmollend, aber schon im Begriff, sich aufzuheitern. Sie fragte mich, ob ich beim Heimkommen Melampus respektive Melampo vermissen würde. Dieser Hund ist vor zwei Wochen unter den Rädern eines Lastwagens verendet, ein stilles und schreckliches Ende. Ich hatte die Kraft gehabt, ihn auf die Arme zu nehmen und nach Hause zu tragen, während Liza schreiend mit dem Tierarzt telefonierte. Der letzte, schwere Blick Melampos galt mir. Er sagte: ›Bring dich in Sicherheit, ich bleib' da, um dir den Rükken zu decken.‹ Wir haben ihn hinter der Garage begraben.

»Nicht besonders«, antwortete ich. In Wirklichkeit war zwischen dem Hund und mir während der zwei Monate, die wir zusammen in New York zugebracht hatten, eine gewisse Freundschaft entstanden. Ich hatte bis dahin nie einen Hund gehabt, und das einzige Motiv, das mich veranlaßte, Melampus zu nehmen, war, daß er mir garantierte, ab und zu seine eigentliche Herrin, Florence Baker, wiederzusehen. Und doch hatten Melampus und ich einander verstanden, ich glaube, daß er bei mir die Ruhe schätzte, der ich unser gemeinsames Leben unterwarf. Er besaß seine eigene Würde, und in der letzten Zeit war er, in dem Versuch, sich mir anzugleichen, äußerst träge geworden und pflegte meine Spaziergangsvorschläge zu prüfen, indem er lange darüber nachdachte. Liza Baldwin hatte ihn nicht völlig akzeptiert, vielleicht fühlte sie sich ausgeschlossen aus unserer schlichten Beziehung zwischen alten Freunden, die sich gegenseitig keinen Ärger machen, sondern im Gegenteil jeder beim anderen mehr die Fehler als die Tugenden lieben.

Ich zog mich aus, und da das Verlangen nach Liza Baldwin inzwischen schwächer geworden war, nahm ich ein Buch vom Nachttisch und wartete, bis sie mich fragte, was ich läse. Ich antwortete ihr, ich sei gerade auf den ersten Seiten und der Autor noch dabei, Freud zu zitieren, nämlich, in kurzen Worten: Die Gesellschaften basieren auf der Unterdrückung der Triebe.

»Kannst du mir das erklären?« sagte Liza, und dabei rückte sie nah zu mir hin, leckte mir die Schulter und schnupperte.

»Das ist nichts Neues«, erwiderte ich. »Wenn wir unseren Trieben freien Lauf ließen, wären wir glücklicher und würden uns verwirklichen, das heißt, wir wären genau das, was wir sein möchten, doch müßten wir dann dem Fortschritt und der Zivilisation den Rücken kehren.«

»Und warum tun wir das nicht?« fragte sie zerstreut.

»Wir tun es bereits zur Genüge«, antwortete ich mit der Ironie desjenigen, der das Spiel in der Hand hat. Aber schon strich mir Liza Baldwin mit leichter Hand über den Bauch. Ich warf das Buch weg, das in diesem Moment tautologisch wurde, denn es vertrat unsere eigene These. Sie legte ihren Kopf auf meine Brust und sagte: »Ich bin unglücklich.« Und während sie es sagte, widerlegte sie auch schon ihre Worte, indem sie auf mich sprang und mir immer wieder die Nase leckte, mit einem unmenschlichen Knurren vor Glück.

»He«, sagte ich lachend, »du leckst mir ja die Nase! Was machst du denn?«

Und sie, erschrocken, fast im Begriff, in Tränen auszubrechen, jedoch ohne aufzuhören: »Ich weiß es nicht.«

Hinterher bin ich, wie gewöhnlich, eingeschlafen wie ein Stein, der ins tiefe Wasser sinkt. Plötzlich hatte ich im Schlaf das Gefühl, allein zu sein, und als ich aufwachte, lag Liza Baldwin tatsächlich nicht neben mir. Am offenen Fenster bauschte die Morgenbrise die Vorhänge. Ein roter Mond, riesig und schmutzig, ging am Horizont unter, in einem unheilschwangeren Schweigen. Ich fand Liza in der Küche, auf dem Fußboden sitzend, nackt, wie sie aus dem Bett gestiegen war, mit ihren schmächtigen Schultern. Sie hielt ein Glas in den Händen, betrachtete die Flüssigkeit darin und ließ die Eiswürfel klingen. Auch ich war nackt. Ich lehnte mich an den Kühlschrank und vervollständigte so den klassischen Keramikfries fürs Thermalbad: Mann und Frau. Doch am denkbar unmöglichsten Ort, in einer Küche im Staat New York, nicht in Montecatini oder Fiuggi, wo ich, von meiner Mutter mitgenommen, als Kind zum erstenmal diese freizügigen und nackten Frauen gesehen habe, mit ihren Haaren, die sich wie Tentakeln ausbreiteten, und den zum Kelch geformten Händen, um das Wasser aufzufangen. Ich bemerkte, daß Liza die Schachtel mit den Hundekeksen des verstorbenen Melampus neben sich stehen hatte. »Hast du Hunger?« fragte ich. »Soll ich dir etwas kochen? Eier? Kaffee?« Dann, der Versuchung nicht mehr widerstehend: »Willst du einen Knochen?«

Liza Baldwin betrachtete ihr Getränk gegen das Licht.

»Es ist fünf Uhr. Konntest du nicht schlafen?«

»Hast du den Mond gesehen? Er sah aus wie ein Dieb.«

Ich ging zur Glastür der Küche, der Vorplatz erschien anders als sonst, wie geadelt durch die Stille; hinter dem Gebüsch erkannte ich undeutlich den Weiher, vom ersten Morgenlicht beschienen. »Der Mond sah aus wie ein Dieb.« Das ist etwas, das Kostja und sogar Trigorin geschätzt hätten – wenn bestimmte Dinge noch ihren Wert besäßen, dieses Gras zum Beispiel, das jetzt langsam die frische und präzise Festigkeit guter Malerei annimmt, die violette Erwartung des Lichts, das sich über die verstreuten Farbtöpfe und die Liegestühle legt, als wolle es noch einen quälenden Sommer verheißen.

Ich wandte mich zu Liza: »Was ist eigentlich los mit dir, wo liegt das Problem, was habe ich falsch gemacht?«

Ihre Stimme war ruhig, sie konstatierte das Unwiderlegbare: »Ich kann nicht schlafen, ich fühle, wie alles auf mich einstürzt.«

»Was stürzt denn auf dich ein? Die Tatsache, daß du jung bist, schön, gesund, geliebt und auch noch reich?«

Liza Baldwin nickte: »Das ist eine oberflächliche Art, die Dinge zu sehen. Und eine vergröberte. Aber wie dem auch sei, ja … ich habe auch davor Angst, daß alles nicht wahr ist. Daß du ein anderer bist und daß zwischen uns nichts wahr ist.«

»Lieben wir uns denn nicht?« Aber ich fühlte, daß ich das Falsche sagte.

»Ich weiß es nicht. Alles ist so wirr. Du kannst aus dem Haus gehen und nicht mehr wiederkommen, es ist, als sollte ich nie erfahren, was geschieht und wer du bist. Es gelingt mir nicht, dich zu halten. Da ist ein Traum, den ich immer wieder träume: Du gleitest wie eine Schlange davon. Und dann wache ich auf.«

Ich sagte: »Die Schlange ist ein erotisches Symbol.« Dann fügte ich noch hinzu: »Das ist Eifersucht.«

Und Liza Baldwin: »Viel schlimmer, denn ich hasse dich. Gestern abend habe ich dich beobachtet, wie du mit einer anderen geredet hast, einer von diesen Nutten, und du hast gelacht, als sie dir die Zunge zwischen den Lippen zeigte. Ich habe dich nicht wiedererkannt und nicht mehr begriffen, wo ich war. Warst wirklich du dieser lächerliche, alte, geile Typ?«

»Die Nutten waren deine Freundinnen«, sagte ich. Ich dachte, ich könnte das Ganze in einem Scherz auflösen, ging zu ihr hin und streckte ihr die Hand vor den Mund. »Willst du mich auffressen? Willst du sicher sein, daß ich ganz dir gehöre? Da, friß.«

Sie starrte meine Hand an, dann schnappte sie mit einem harten und präzisen Biß zu, daß ihr fast die Zähne abbrachen. Ich brüllte, sie schlüpfte davon, voll Angst, ich könnte sie schlagen. Ein paar lange Minuten verharrte ich völlig dumpf, ohne an etwas zu denken, die Hand unterm Wasserhahn, und betrachtete das Blut und den ovalen Abdruck von Liza Baldwins Zähnen, wie ein altes Siegel oder das erste Anzeichen einer unbekannten Krankheit.

Sie blieb den ganzen Tag im Gästezimmer eingeschlossen. Erst als sie das Telefon läuten hörte, kam sie heraus, immer noch nackt und argwöhnisch. Es war ein Freund von Longhi, Antonelli, der mich an das Abendessen bei ihm erinnern wollte. Liza Baldwin wich meinem Blick aus; betont ungezwungen sagte ich: »Wir essen in New York, zieh dich an.« Einen Augenblick später war sie fertig und rannte ungeduldig zur Garage, plump, in großen Sprüngen.

Eine merkwürdige Geschichte, die mir Antonelli von seinem Dienstmädchen erzählt hat. Diese junge Italienerin, die immer noch nicht recht glauben kann, daß sie in New York ist, will schon wieder kündigen, heiraten. Sie ist erst vor wenigen Monaten aus Italien gekommen, aus einem Dorf im Süden; sie hat Verwandte, die jetzt seit etwa zwanzig Jahren hier leben, in Brooklyn. Antonellis Küche hat kein Fenster, ist aber zum Wohnzimmer hin offen. Und während das Dienstmädchen vor unseren Augen das Abendessen zubereitet, geht ihr Blick über den Tisch hinweg auf die Williamsburg Bridge, die von hier oben aussieht wie ein monströses Knäuel aus Krokodilen, und auf das Industrie-Panorama. Das Mädchen ist nicht hübsch, hat aber ein sanftes Lächeln.

Antonelli erzählt mir, wie diese Giuseppina oder Enrichetta vor ein paar Tagen ans Telefon gerufen wird, gerade während einer Nachmittagseinladung, genauer gesagt einer Cocktail-Party. Am Telefon bricht Giuseppina in Schluchzen aus: Man hat ihr, mit einiger Verspätung, den Tod eines Onkels mitgeteilt, den sie zwar erst seit kurzem kennt, der aber doch ein Verwandter ist, Fleisch und Blut der Familie. Antonelli erklärt sich bereit, sie selbst zum *Funeral home* zu begleiten, wo der Leichnam für den letzten Besuch der Verwandten und Freunde hergerichtet worden ist.

Giuseppina kleidet sich in tiefstes Schwarz, mit einem Schleier. Ihr sind die neuen Bräuche der Italo-Amerikaner noch unbekannt, sie weiß nicht, daß man im *Funeral home* eine Erfrischung reichen wird und daß die Damen breite Hüte tragen werden, um es den einheimischen Damen gleichzutun – und daß man schließlich dem Tod mit zurückhaltenden Gefühlsäußerungen und bemühter Eleganz begegnen wird. Sie ist noch bei den familiären Totenklagen stehengeblieben, mit den anstrengenden Zeremonien, den Lobeshymnen auf den Verstorbenen, der Witwe, die die Nahrung verweigert und von den Gevatterinnen seufzend bedauert wird.

Giuseppina findet ihren Onkel in einem Biedermeiersessel sitzend, tot, tadellos angezogen und zurechtgemacht. Neben sich hat er ein Tischchen, auf dem wie selbstverständlich ein Exemplar des *Progresso Italo-Americano* liegt, so als hätte der Verstorbene gerade aufgehört, darin zu blättern. Um sich einen noch größeren Anschein von Lebendigsein zu geben, hält der Onkel – von dem aufgesetzten Lächeln im Gesicht und den offenen, in eine nicht schmerzliche Leere gerichteten Augen abgesehen – zwischen den Fingern seiner Rechten eine dicke Zigarre, Symbol des Erfolgs.

Giuseppina geht zum Onkel und küßt ihn, wirft sich auf die Knie, betet, weint, entfaltet ihren ganzen süditalienischen Pomp an Tränen angesichts des Todes, vielleicht weil sie sich durch die Anwesenheit der Landsleute dazu verpflichtet fühlt, doch ist auch nicht auszuschließen, daß sie es aufrichtig meint. Ein junger Mann unter den Gästen gerät beim Anblick dieses schwarzgekleideten, weinenden Mädchens in Erregung. Es ist ein Bild, das in seinem Unterbewußtsein haften geblieben ist, ein Bild aus der alten Heimat, von der er zwar nicht mehr viel weiß, an die sich aber seine Mutter oft erinnert und die für ihn durch sie verkörpert wird: ein archaisches Bild aus Sonne und Trauerkleidern, wo der Schmerz durch die Verzweiflung zum Ausdruck gebracht werden muß, gerade so, wie es dieses Mädchen macht; und ein Bild, das auf geheimnisvollen Wegen zur Vorstellung von der unmittelbaren Besitzergreifung führt, von der erotischen Wiedergutmachung des Lebens gegenüber dem Tod: die zu tröstende Witwe.

Unter den anwesenden Mädchen ist Giuseppina die einzige, die in ihm das ursprüngliche und vergessene Verlangen weckt. Er bietet sich an, sie nach Hause zu bringen. In vierzehn Tagen werden sie heiraten.

Liza Baldwin hat den ganzen Abend den Mund nicht aufgemacht. Sie saß zusammengekauert neben mir auf dem Sofa, den Kopf an meiner Schulter. Auf der Heimfahrt im Zug nach Chappaqua war sie merkwürdig aufgezogen und glücklich. Sie ging den fast leeren Waggon auf und ab, schaute durch die Scheiben in die Nacht, voll Ungeduld heimzukommen. Ich beobachtete sie, und mit einem Mal klärte sich mir das seltsame Verhalten Liza Baldwins im Bild eines Hundes, jenes Bild, das ich in der Nacht davor nicht hatte wahrhaben können oder wollen. Ein unruhiger und unglücklicher Hund, der leckt und beißt und nie weiß, was sein Herr wohl beschließen wird. Unter dem Pflaster an der Hand schmerzte der Abdruck ihrer Zähne immer noch. ›Sie wird zu einem Hund‹, dachte ich plötzlich, während mir ein Schauder den Rücken hinunterlief. Und schon mischte sich in das bestürzte Entsetzen die Angst vor der Nacht, der wir entgegenfuhren, mit den rhythmischen Stößen des Zuges, der sich unserem Lager näherte. »Komm hierher«, sagte ich, »bleib sitzen, du machst mich ganz schwindlig.« Und das stimmte. Die wenigen Reisenden lasen oder dösten vor sich hin. Liza Baldwin setzte sich neben mich, legte dann den Kopf auf meine Knie, und ich fand die Kraft, ihr den Nacken zu kraulen, um sie zu beruhigen, und fragte: »Bist du müde?« Sie gab keine Antwort. Ich fühlte, wie ein Zittern des Wohlbehagens sie überlief, das mein eigenes tristes Unbehagen noch erhöhte: Es war kein menschliches Wohlbehagen – eines auf der Grenze zwischen blinder Treue und totaler Inbeschlagnahme, wie es die Hunde kennen.

Sieben

Inzwischen ist eine Woche vergangen.

Der Verdacht beunruhigt mich immer stärker: daß Liza Baldwin tatsächlich zu einem Hund wird. Keinerlei physische Veränderung, im Gegenteil, sie wird, wenn das möglich ist, noch mehr Frau, noch zärtlicher, aber gerade das ist es, was mich beunruhigt: die Abwesenheit jeglichen Denkens bei Liza Baldwin oder die Vorherrschaft eines in der Tiefe zurückgehaltenen, bebrüteten Denkens, wie das unerforschliche und zwanghafte Denken eines Hundes.

Sie läßt sich leben, beschleunigt die Verwandlung, indem sie ganz auf die Präsenz des Mannes setzt, der im Haus ist: den Herrn. Sie hat aufgehört zu malen.

Sie steht mit mir auf, geht mit mir zusammen unter die Dusche, seift mich sogar ein, wir frühstücken gemeinsam, und dann streunt sie herum, in ihren alten Hosen und einem T-Shirt, barfuß. Ab und zu ein Plumps: sie hat sich in einen Sessel fallen lassen; oder ein dumpfer Aufprall an der Garagenmauer: sie spielt mit dem Ball. Und immer wieder kommt sie, um sich streicheln zu lassen.

Jetzt sind wir schon auf dem direkten Weg zur Imitation von Melampus! Bei unseren Spaziergängen schnüffelt sie argwöhnisch an den Feldblumen.

Hinter einem Bild habe ich einen kleinen Wandtresor entdeckt, der Schlüssel noch im Schloß, von den Vermietern dagelassen. Dort werde ich dieses Heft einschließen.

Liza Baldwin: Ich lasse sie nicht aus den Augen, ich will die brüchige Stelle in ihrem Spiel finden, das Lächeln entdecken, das die Provokation verrät.

Und falls statt dessen …

Es wird gut sein, wenn ich mir die hündischen Angewohnheiten notiere, die Liza Baldwin zur Schau stellt, wie der Akrobat am Trapez seine Kunststücke vorführt. Zum Beispiel hat sie die Kühlschrank-Manie, die Angst, daß er leer sein könnte, daß nichts mehr zum Essen da ist. Ihre ständige Sorge ist es, ihn zu füllen; dauernd läuft sie hin, um nachzusehen, ob nichts fehlt.

Sie hat kein Schamgefühl mehr, nicht einmal hinsichtlich der Ausscheidungsfunktionen. Ich gehe ins Badezimmer, die Tür ist offen, und da sitzt sie, den Blick zur Decke gerichtet. »Oh, Entschuldigung«, sage ich. Sie gibt keine Antwort.

Nachts, nach den üblichen Attacken, zieht sie es vor, sich unten am Bett auszustrecken, auf oder neben meinen Füßen. Jeder Vorschlag, eine Spazierfahrt zu unternehmen, versetzt sie in einen Zustand glücklicher Erregung; sie rennt, um das Auto aus der Garage zu holen, sie chauffiert, immer wieder verblüfft über die verschiedenen Apparaturen, selbst über das Lenkrad, sie drückt mit Begeisterung auf die Hupe, schreit die Fahrer an, die zu langsam fahren oder nicht ausweichen. Sie parkt, wo sie will, stets bereit, mit allen Streit anzufangen. In dem kleinen Zentrum von Chappaqua interessieren sie nicht die Geschäfte, sie schaut in kein einziges Schaufenster, tut nichts von dem, was die Frauen ihresgleichen zu tun pflegen. Heute hat sie bei der Hotdog-Bude angehalten, ist in kurzen Sprüngen hingerannt und an einem Eis leckend zurückgekommen.

Ich habe wieder angefangen zu arbeiten, aber müde; ich wage nicht mehr, meinen Einfällen zu folgen, jeder verliert sich in einem Labyrinth, dessen einziger Ausgang der Gedanke an Liza Baldwin ist.

Ich bringe meine Notizen auf den neuesten Stand: Sie leckt mir die Nase, beißt, schnuppert am Essen, will immer hinaus, ist auf schamlose Weise erotisch, gleichgültig gegen alles, ungesittet, asozial, spricht fast nichts mehr.

Jetzt fällt mir wieder ein: In der ersten Zeit, in New York, sind wir manchmal auf eine Cocktail-Party gegangen, jeder in der Annahme, daß es dem anderen Spaß mache. Sie wich nicht von meiner Seite, oder aber ich fand sie nach einer kurzen Runde durch den Raum wieder hinter oder neben mir. Unfähig, ein Gespräch zu beginnen, wenn sie mit jemandem bekanntgemacht wurde, schaute sie zuerst mich an, ehe sie ihm zulächelte, in Erwartung meiner Zustimmung.

Heute ist Jane Gay mit einem Fotografen gekommen, von Kampf geschickt, zu einem dieser Interviews, das die Verleger für nützlich halten. Wir haben uns auf die Veranda gesetzt, Jane hatte ein Tonbandgerät dabei, sie stellte mir die üblichen idiotischen Fragen: Warum ich schriebe (wenn ich das wüßte!), ob das Leben phantasievoller sei als die Phantasie (ja, aber es ist auch länger), ob meinen Erzählungen wahre oder erfundene Begebenheiten zugrunde lägen (es sind erfundene Begebenheiten, die mit der Zeit wahr werden).

Dazwischen nahm mich der Fotograf mit unterschiedlichen Objektiven auf, von unten und von oben, aus der Nähe und aus der Ferne. Als Liza Baldwin hereinkam, einen Teewagen mit kalten Getränken, Kaffee, Süßigkeiten und einem Berg von Sandwiches vor sich herschiebend, stellte sich heraus, daß sie und der Fotograf einander kannten (sie hatten zusammen in der Modebranche gearbeitet), und der Fotograf knipste sie gemeinsam mit mir. Danach bestand Liza Baldwin auf weitere Aufnahmen, von ihr allein, wobei sie zuerst absichtlich albern und dann eindeutig anstößig posierte. Jane Gay wurde rot, sie stellte mir gerade die Frage, ob ich die Wahrheit liebe. Und ich, verstimmt durch Lizas Verhalten, antwortete: »Wie? Nicht sehr. Das Kreisen um die Wahrheit macht einen schwindlig. Sich in eine Richtung entscheiden heißt, sich jeder anderen Möglichkeit des Irrtums zu verschließen … Im Vagen zu bleiben, jeden Tag wie am ersten Tag, macht die Lage noch schlimmer …«, kurz, meine ganze armselige Philosophie. Dann stand ich auf und sagte: »Liza, Schluß jetzt!«

Ohne ein Wort zu sagen, flüchtete sie ins Studio. Ich fand sie aufs Sofa gekauert, weinend. Sie fragte mich: »Wer ist diese Nutte, was will sie von dir?«

Auf meine beruhigende Antwort hin blieb sie für einen Augenblick in Gedanken versunken, und dann: »Aber würdest du mit ihr ins Bett gehen?«

Ich streichelte sie und sagte: »Ich versteh' wirklich nicht … Wo ich … wo ich doch … bei dir bin!«

Sie lächelte mir unter Tränen zu (oh, altes Bild des Homer!) und ging, um die Honneurs zu machen.

Der Vorfall mit der Katze. Heute saß ich gerade an der Schreibmaschine, als die große weiße Katze unserer Nachbarn durch das offene Fenster auf meinen Tisch sprang. Sie wölbte den Schwanz, strich unter meiner Nase vorbei. Ich dachte, ich wäre allein. Die Katze ging zum Schreibtischrand, musterte das Zimmer, ehe sie auf den Fußboden sprang. Im nächsten Augenblick hörte ich sie vor Entsetzen fauchen. Mit einem Satz war sie auf dem Bücherregal, ließ sich auf den Schreibtisch fallen und schoß durchs Fenster davon. Liza Baldwin lag auf einem der Sofas, ich sah nur ihre Füße. Sie schläft oder tut so, als ob sie schliefe, sie wacht auf, wechselt aufs andere Sofa, mit dem Ritual einer Odaliske, sucht sich ihr Plätzchen, legt sich auf den Bauch, das Kinn auf die verschränkten Hände gestützt, und bewegt leicht die Beine, um meine Aufmerksamkeit auf sich zu lenken. Und als ich, der das Spiel bis zu Ende verfolgen will, weiterschreibe, sagt sie: »Ich kann doch hierbleiben?« Und nach einer langen, liebevoll-schüchternen Seufzerpause meint sie, sich krümmend: »Arbeite nur, ich bleibe hier, ich mag es, wenn du auf der Schreibmaschine tippst.«

Mehr braucht es nicht, um meine ohnehin schon spärliche Erfindungskraft vollends erlahmen zu lassen. Warum hört Liza Baldwin nicht auf, mich mit leicht geneigtem Kopf zu betrachten, in dieser stummen Bewunderung? Ich ignoriere sie, starre auf die Wand vor mir, schreibe aufs Geratewohl ein paar Wörter hin und verfolge die leichten Regungen der Neugier, in der sie zu begreifen sucht, warum der Mann wohl mit dem Schreiben aufgehört hat.

Kurz darauf konnte ich nicht mehr widerstehen und ging zum Sofa, bar jeglichen Interesses für alles, was nichts mit der Haut von Liza Baldwin zu tun hatte. Nur darauf hatte sie gewartet. Sie machte es sich bäuchlings bequem, mit gezielten Bewegungen, um sich auf dem Sofa einzurichten, und mit einem intensiven, kindlichen Wohlbehagen. Wir sprachen kein Wort miteinander. Ich steckte meine Hand in ihre Hose, die in Paris gekauften Blue Jeans mit dem Markenschildchen Levi-Strauss.

»Weißt du eigentlich«, fragte ich sie, »daß der Anthropologe aus derselben Familie stammt?« Sie verstand nicht. »Kratz mich«, antwortete sie. Ich kratzte sie sanft am Hinterteil und schaute dabei zur Decke. Mit den Bewegungen ihrer Füße riß sie einen Vorhang mitsamt der Stange herunter; er liegt immer noch da. Dann knöpfte mir Liza Baldwin das Hemd auf, fing an, mich vom Sofa herunterzuziehen, auf den Teppich rutschen zu lassen, erregt, fiebrig. Nachher, befriedigt, war sie auf eine geradezu unverschämte Weise glücklich. Sie betrachtete sich lange im Spiegel und strich sich übers Gesicht – und dann im Laufschritt zum Kühlschrank.

Ich glaube, ich habe begriffen. Liza Baldwins Plan hat den Vorzug der Einfachheit: mich zu schwächen, mich dahin zu bringen, daß ich tagtäglich mehr die Fähigkeit zu reagieren verliere, mir eine Welt zu präsentieren, deren einzige mögliche

Dimension sie selbst ist: alles in ihr, nichts außer ihr – bis zur lustvollen Zerstörung meiner letzten Willenskraft.

Da ich ohnehin nur mit Unlust schreibe, will sie mich daran hindern, überhaupt zu schreiben, indem sie mich bedrängt und bewundert. Da ihr Körper mir gefällt, bietet sie ihn mir rückhaltlos und kommentarlos an. Sie muß sich erniedrigen, aber in ihrer Präsenz unersetzlich werden – bei Strafe meiner Einsamkeit.

Dritter Punkt: Die Küche quillt über von Eßbarem; Liza Baldwin kann verschwinden, und zehn Minuten später ist die Mahlzeit fertig, oft ausgezeichnet, serviert auf gutem Porzellan, mit Silberbesteck jenes Musters, das die Goldschmiede Venezia nennen und das tatsächlich an Venedig erinnert.

Außerdem: mir den Überdruß der täglichen Kommunikation, der nutzlosen Heucheleien zu ersparen, indem sie sich, fügsam, intelligent, ergeben, hinter der Maske einer subhumanen Wirklichkeit verbirgt, die keine Erklärungen verlangt.

Der Mann wird allein und umzingelt sein: Herr und ins Netz gegangenes Opfer zugleich. So die Botschaft, die Melampo mir zukommen lassen wollte, ehe er starb.

Ich kann den Fließsand studieren, der mich verschlingt, mir Notizen machen über das Magma, über Liza Baldwins Verhalten, aber jede, selbst die leiseste, Bewegung wird mich ein wenig tiefer einsinken lassen.

Ich könnte ihren Plan zu Fall bringen und abreisen. Ich will jedoch bis zum Kern vordringen. Und ich mache mir Notizen: Erst eine ausreichende Anzahl von Informationen wird es mir erlauben, mich für eine Strategie zu entscheiden. Heute halte ich also fest: »Entsetzen der Katze.«

Ich frage mich, worüber die Katze sich entsetzen konnte, da sie doch schon öfter ins Haus gekommen ist und Liza Baldwins Liebkosungen akzeptiert hat. Vielleicht über eine jähe Bewegung von ihr, die mir entgangen ist? Wenn es freilich anders war, wenn die Katze beim bloßen Anblick der schlafenden

Liza Baldwin von Entsetzen erfaßt wurde, werden alle meine Hypothesen sinnlos: Dann ist Liza Baldwin wirklich ein Hund geworden.

»Sie haßt den Postboten.« Heute, bei der Rückkehr von einem kurzen Spaziergang an den Hängen um den Teich, erwartete uns der Postbote, der mit den Telegrammen, auf seinem Motorrad. Er hatte uns gesucht und war froh, daß er nicht wieder wegfahren mußte, ohne uns das Telegramm ausgehändigt zu haben. Es kam von Florence, ich las es laut vor: »VERGEBLICH TELEFONIERT WAS IST LOS?« Und sie setzte ein Treffen für den nächsten Freitag um fünf Uhr fest. Unterschrieben: KAMPF, das ist der vereinbarte Name.

Während ich las, erging sich Liza Baldwin in Horrorgesten, wie man sie heutzutage nur noch in alten illustrierten Bühnenhandbüchern sehen kann, ein so übertriebener Horror, daß der Briefträger lächelte, weil er es für den Scherz eines jungen Mädchens hielt, das sich langweilt. Ich konnte Liza Baldwin gerade noch zurückhalten, als ihr der Briefträger den Rücken kehrte: Sie wollte ihn anspringen. »Er ist abscheulich, er ist widerlich«, stieß sie immer wieder hervor, während sie sich zu entwinden suchte. Und der Postbote fuhr weg, ohne zu ahnen, in welcher Gefahr er geschwebt hatte.

Im Haus habe ich die Erklärung für die Telefonstille gefunden: Der Stecker des Apparats war zwar nicht ganz herausgezogen, aber sehr stark gelockert. Da spielte ich meine erste Karte aus: »Morgen kaufen wir einen Hund«, sagte ich. »Warum?« fragte mich Liza Baldwin überrascht. Und ich: »Er kann dir Gesellschaft leisten.« Sie verschwand. Beim Abendessen griff sie das Thema plötzlich wieder auf: »Hast du vor, mich oft allein zu lassen? Oder gar nach Italien zurückzukehren?«

»Ein Hund ist auch ein guter Schutz«, antwortete ich. Doch als ich die Essensreste in den Mülleimer leerte, sah ich dort mein Flugticket, das ich in einer Schreibtischschublade aufbewahrte, liegen, ostentativ in Stücke zerrissen. Als schlichte Warnung, denn ich kann ja das Duplikat anfordern.

Es war also eine wenig geschickte Geste von seiten Liza Baldwins: Indem sie den Zweck, den sie erreichen möchte (nämlich meine Abreise verhindern), demonstriert, deckt sie, so scheint mir, die Hunde-Imitation als Komödie auf. Die, auf lange Sicht, doch irgendeinen Schluß haben muß, schon in Anbetracht des Charakters dieser Kunstgattung, die nach einem Schluß verlangt.

Gestern hat im Country Club eine Hundeausstellung stattgefunden. Ich hatte die traurige Idee, Liza dort hinzuführen. Ziemlich elegantes Milieu, eine frisierte und gepflegte Natur, Ladies, braungebrannte Gentlemen, alles riecht nach mittlerem Reichtum: einer jener Orte, an denen ich mich sofort unwohl fühle. Doch ich mußte meine Theorie überprüfen. Lizas Verhalten hat nicht nur die redlichen Intrigen einer Komödie überstrapaziert, sondern auch die Beziehung zwischen ihr und mir, dem vermutlich einzigen Zuschauer: Sie präsentierte sich schlecht gekleidet, schmutzig, unfrisiert und zog sich auch noch die Schuhe aus. Als sie sah, wie ich einen Cockerspaniel betrachtete, legte sie eine mehr als peinliche Szene hin und schockierte damit einige Damen des Komitees, die vielleicht zum erstenmal in ihrem Leben einem Eifersuchtsanfall beiwohnten. Beim Anblick einiger der prämiierten Hunde gab sie Bemerkungen von sich, die die Besitzer beleidigten. Schließlich ist es ihr gelungen, nicht nur die Menschen, sondern sogar die Hunde des Wettbewerbs aus der Fassung zu bringen: Alle fingen an zu bellen.

Ich mußte Liza mit Gewalt wegziehen. Und sie: störrisch, überheblich. Daher macht mich heute morgen ein kurzer Brief des Country Clubs darauf aufmerksam, daß die Frequentierung des Clubs allein den Mitgliedern und ihren Freunden vorbehalten sei. Na schön, immerhin hat mich das Club-Restaurant manchmal vor der abendlichen Langeweile gerettet. Das Ganze ist heute abend auch der Grund zu einem Streit mit Liza Baldwin gewesen. Demütig ließ sie es über sich ergehen, daß ich explodierte, erstaunt über meine schlechte Laune. Der Club sei ihr völlig gleichgültig, ja es sei ein guter Grund, nicht mehr hinzugehen und dafür zu Hause zu bleiben. Im übrigen, wenn ich aus Chappaqua wegwolle, einverstanden, sie würde mir folgen. Wohin? In die Karibik, nach Afrika, nach Indien, in eine Wüste, in einen Dschungel, nach Kalifornien, nach Capri! Nur weg von dieser Gesellschaft, rettungslos *middle-class*, langweilig und steif, samt ihren ebenso langweiligen und steifen Hunden. Würden wir etwa nicht unser Dasein vergeuden in diesem lächerlichen, konventionellen Idyll von Gesellschaftsspielen?

Ich war entschlossen, den Abend in finsterer Stimmung zu verbringen, als Liza kam, um mir die Hose auszuziehen und mich zum Weiher zu schleppen. Wir schwammen ein wenig zusammen, auf und ab, mein Zorn verrauchte, und ich fragte mich nichts mehr. Eines Tages würde ich weggehen, dachte ich.

Zu Hause war das Abendessen bereits vorbereitet, es schmeckte ausgezeichnet, und wir aßen so, wie wir waren, ohne zu reden.

Es war warm, wir haben fast Juni und der Sommer hat früh eingesetzt. Ich warf mich aufs Sofa. Liza ging aus dem Zimmer und kam als Dienstmädchen verkleidet zurück, wie in alten Witzblättern, nackt, mit Schürzchen und Häubchen und dem Tablett mit Kaffee, Kognak und Zigarren. Ich bog mich vor Lachen, als sie meine Brille aufsetzte und nacheinander sämtliche Damen des Komitees mit ihren näselnden Stimmen, ihrer gesetzten Entrüstung nachmachte. Danach imitierte sie die Tänzerin eines Nachtclubs, die die Aufmerksamkeit eines betuchten Herrn auf sich ziehen möchte – ich.

Sie beherrscht die beiläufige Anmut der Imitation, sie kopiert nicht und überzieht nicht. Sie deutet nur an, skizziert, überläßt den Rest der Phantasie, gibt die Figur sofort wieder auf. Sie kündigte einen Musikfilm der vierziger Jahre an und spielte ihn in drei Minuten herunter. Es war genau das, was ich von den glänzenden Revuen auf dem Broadway in Erinnerung hatte. Ich fühlte, wie der Flügel eines nicht mitteilbaren individuellen Glücks meine Nase streifte. Plötzlich hörte sie auf und fing zu wimmern an, untröstlich. Ich glaubte, sie mache immer noch Spaß. Beim Hinausgehen sagte sie: »Morgen wirst du zum Abendessen zurücksein.«

Morgen ist Freitag, ich hatte das Telegramm völlig vergessen.

Sie hat mich im Kabrio zum Bahnhof begleitet. Ich chauffierte. Während der Fahrt kam mir der Gedanke, daß ich etwas über sie schreiben könnte, eine Erzählung, auch wenn ich den Schluß noch nicht weiß. Vielleicht schreibe ich sie aber auch schon, ohne es zu beabsichtigen. Liza hatte sich auf den Sitz gekauert und betrachtete mich forschend. (Alle Augenblicke streckt sie den Kopf aus dem Fenster und schaut auf die Straße hinter uns.) Schließlich sagte sie, als hätte sie meine Gedanken erraten: »Du solltest eine Geschichte darüber schreiben, wie wir uns kennengelernt haben.« Sie fuhr fort: »Der erste Mißerfolg mit den Hunden im Central Park, dann bei dir zu Hause. Sie haben uns aufgeweckt, erinnerst du dich?«

»Wie kommst du nur darauf?«

»Ich komme halt darauf. Es ist komisch, die Geschichte von zwei Leuten, die sich auf dem Weg über zwei Hunde kennenlernen und sogleich so weit kommen, das zu tun, was die beiden Hunde partout nicht tun wollen.«

Ich verzog angewidert das Gesicht: »Eine ironische Geschichte an der Grenze zur Pornographie, nehme ich an.«

»Ganz im Gegenteil. Ich weiß nicht, aber du könntest zeigen, daß, wo die Natur versagt (denn die Hunde folgen der Natur, sie haben ihre Zyklen), die Intelligenz oder die Erfahrung oder das Unglücklichsein oder der Schmerz, kurz, was immer du willst, solange es nur menschlich ist, triumphieren. Oder aber du zeigst überhaupt nichts. Wenn ich schreiben könnte, schriebe ich, wie wir die Sache gemacht haben, du ein wenig erschrocken – du hattest mich für eine Nymphomanin gehalten. Und dabei haben wir uns gerade deshalb ineinander verliebt, weil es etwas ganz Elementares war.«

Ich schwieg, und sie fuhr fort: »War es denn nicht so? Die großen Lieben beginnen doch nicht unsinnig?«

Wir waren am Bahnhof angekommen. Plötzlich zog sie ein anderes Register, wollte nicht, daß ich wegfuhr. Um welche Zeit ich zurückkäme? Ob wir statt dessen nicht ans Meer fahren könnten? Ich bräuchte doch nur Kampf anzurufen und das Treffen zu verschieben!

Ich befahl ihr, nach Hause zu fahren. Ich käme mit dem Neun-Uhr-Zug zurück.

Im Waggon stürzte ich mich auf die Lektüre der Zeitungen. Wie viele Dinge waren in diesen Monaten auf der Welt passiert, ohne daß ich von ihnen wußte, und wie viele passierten unerbittlich weiter! Mir gegenüber saßen zwei Herren, die durch irgend etwas aufgeschreckt schienen, was ich nicht begriff, irgend etwas, das auf der Straße neben den Bahngleisen vor sich ging. »Die ist ja verrückt«, sagte der eine. Ein Blitz durchzuckte mein Gehirn, ich schaute hinaus: Da war Liza Baldwin im Kabrio, die heftig winkend neben dem Zug herraste. Sie fuhr mir nach. Alle aus dem Waggon starrten jetzt gebannt auf diese Närrin, die unentwegt winkte und dabei riskierte, sich den Hals zu brechen. Als sie mich sah, verlor sie fast die Kontrolle über den Wagen, nur um beide Hände zu bewegen. Ich stand auf und machte eine knappe Geste, wie man es bei den Hunden macht, damit sie umkehren: Marsch, heim! Ich mußte die Geste dreimal wiederholen.

Ihr Lächeln erlosch, sie gab Zeichen, daß sie verstanden habe, wurde langsamer, verschwand. Alle im Waggon sahen mich befremdet an.

Freitagabend, Weekend-Beginn. Wenn sich die großen Bürohäuser leeren, werden Blumen verkauft. Neben dem Seiteneingang zur Grand Central Station, auf der Lexington Avenue, stehen die Pendler Schlange vor einem Lastwagen mit nicht mehr ganz frischen Blumen und kaufen den Strauß zu einem Dollar, um ihn der Gattin mitzubringen. Das ist das Zeichen, daß sie von ihrem ehelichen Recht Gebrauch zu machen gedenken. Am Samstagabend gibt es das Barbecue, am Sonntagmorgen wäscht er das Auto, aber die Liebe ist mehr oder weniger ein Ritual des Freitagabends. Bei der Betrachtung dieser Männer, die so geduldig Schlange standen, während ein Unmensch ihnen ihren Dollar abknöpfte, wurde ich von Trübseligkeit erfaßt. Ich erinnerte mich an einen Satz Liza Baldwins über dieses Land: »Wenn du Amerika kennenlernen willst, dann lies *The book of etiquette.*«

So hat mich Florence Baker überrascht. Ich wollte ihr Blumen offerieren. »Oh, danke«, sagte sie angewidert, »ich habe Durst.« Zuerst in eine Bar, dann zu ihr nach Hause. Sie hatte alles vorbereitet für das Ritual des Ehebruchs. Der Tisch schon gedeckt, die Kerzen bereit zum Anzünden, das Tonbandgerät mit leiser Musik, die Daiquiris, das Bett. Florence schlüpfte in einen Morgenmantel, ich zog die Jacke aus. Sie erkundigte sich nach meiner Arbeit. Ich antwortete: »Meine Arbeit? Alles, was um uns herum geschieht, ist viel stärker, viel exemplarischer als das, was man schreiben könnte.« Ich wollte auf Liza zu sprechen kommen, statt dessen erhob ich mich, um zu gehen. »Ich muß zum Abendessen zurück sein.«

»Ruf sie an, daß du nicht kannst.«

Am Telefon meldete sich niemand.

»Sie wird bei einer Nachbarin sein oder im Club.«

Es war die Ruhe von Florence Baker, die mich zurückhielt, ihre maßvolle Aufmerksamkeit, auch die Selbstverständlichkeit der Vorbereitungen. Ich hörte wieder den Hubschrauber über unseren Köpfen, die Sirenen der Feuerwehr und der Polizei, den generösen Atem der Stadt, ich sah die Lichter der Fenster gegenüber. Florence schwieg und hörte mir zu, während wir aßen. Ich redete von mir, vom armen Melampus, der immer wirkte, als müsse er in einem Abenteuerfilm mitspielen, und auch von meiner Liebe zu Liza Baldwin und den Ängsten, die mir das Zusammenleben mit ihr bereitet. Ich sagte: »Bist du je im Paradies gewesen? In der ersten Zeit ist es herrlich. Du lebst in einem einzigen Zustand der Verschmelzung. Doch dann bekommst du Heimweh nach dieser Alltäglichkeit, nach der Sirene der Feuerwehr, dem Hubschrauber überm Kopf, der Menschenmenge, dem Durcheinander, nach einem Büro, in dem man arbeitet, nach einer gesunden Beziehung wie der unseren.«

Sie erwiderte nichts. Ich wählte wieder die Nummer von zu Hause, auch diesmal ging Liza Baldwin nicht ans Telefon – nichts als das ewige Freizeichen.

»Du fühlst dich wohl sehr schuldig?« fragte Florence Baker nachdenklich.

»Ja, jedesmal wenn ich nach New York komme, ist es, als wäre ich an einem Strick festgebunden. Wie ein Gummiband zieht er mich zurück, ich muß.«

»Armer Giorgio, dann geh.« Und sie stand auf.

Statt dessen sind wir ins Bett gegangen, wie zwei Eheleute. Um fünf wachte ich plötzlich auf. Ich konnte den ersten Zug um fünf Uhr fünfundvierzig noch erreichen, eine Stunde später ankommen und Liza Baldwin im Bett vorfinden, vielleicht schlafend. Florence Baker sagte: »Bleib da.« Entweder, oder! Während ich mir die Hosen anzog, sagte ich: »Du warst sehr lieb, Flo, aber jetzt ist es zu Ende.« Und sie: »Ich weiß.« Und ich: »Das Weitermachen hat keinen Sinn.« Und sie: »Aber den sollte es auch gar nicht haben!«

Zu meiner eigenen Überraschung hörte ich mich antworten: »Ich liebe Liza sehr.«

Florence Baker verzog keine Miene: »Auch ich liebe einen anderen. Es war nur eine Art, einander zu helfen.« Und ich:

»Aber wie? Wie kann man einander helfen?« Und sie: »Ich hoffte, du wüßtest es, du, der Italiener.« Und ich: »Wir sitzen in der Klemme, Florence. Jeder für sich, in der Klemme.«

Ich erreichte gerade noch den letzten Wagen des Zuges. Der Waggon war fast leer, der Morgen kündigte sich triumphal auf den Fensterscheiben an, und kaum daß ich mich etwas von ihr entfernt hatte, bedauerte ich auch schon, Florence Baker in ihrem warmen Bett mit den ehrlichen Gerüchen allein gelassen zu haben, in ihrer vernünftigen und freundschaftlichen Ruhe. Jetzt erwarteten mich die düstere Eifersuchtsszene Liza Baldwins, ihre hündischen Verrücktheiten, ihr tagelanger Groll.

Der Bahnhof von Chappaqua war menschenleer. Als ich, zu Fuß, nach Hause kam, sah ich das schwarze Kabrio neben dem Eingang geparkt. Drinnen schlief Liza, in eine Decke gehüllt. Ich öffnete die Wagentür. Sie wachte sofort auf, lächelnd, als wäre alles ganz normal. »Was machst du hier?« fragte ich sie.

»Ich habe auf dich gewartet.«

Es gelang mir nicht, mein Gefühl zu bezwingen: arme und wiedergefundene Liza Baldwin. Ich küßte sie auf die Stirn, auf die Augen, auf die Lippen. Und damit fängt alles wieder von vorne an.

Eine Erzählung, in der das Irrationale und das Phantastische vorherrschen, erfordert einen kunstlosen Stil. Vergleiche Poe und Kafka. Die Uneleganz als einzige annehmbare Eleganz. Nicht gut und in Eile geschrieben, genauso wie man den Zettel für die Putzfrau schreibt oder den Brief am Bahnhofsbuffet. So und nicht anders muß der Stil sein, eine natürliche Absonderung.

Die Meteorologie. Sonne, Wolken, Hitze, Regen, Schnee! Die Zeit vergeht, die Bäume wachsen, die großen Romane registrieren den Wechsel der Jahreszeiten.

Ich lese: *Endspiel*. Beckett ist ein Fastenprediger für Universitätstheater. Da unserer Existenz der Sinn fehlt, sind wir auf einen clownesken Zustand reduziert. Wir landen in den Abfalltonnen, wir versanden (im wahrsten Sinn des Wortes), auch wenn wir überzeugt sind zu leben, gelebt zu haben, unsere Rechnungen jemandem offenlegen, sie begleichen zu müssen. Trotzdem bleibt unser Zweifel, nichts als ein wuchernder Schimmel auf dem Planeten Erde zu sein. Es ist unser Leben: das als eine totale, geradezu tautologische Auflösung gesehen werden kann, denn der unkluge Akt des Geborenwerdens bedeutet bereits eine Annahme des Todes; oder als ein Sieg, nämlich »dazusein«, »am Fest des Lebens teilzuhaben« (nach dem derzeitigen Papst, der nicht den irischen Fanatismus Becketts hat, aber mehr reist und jedenfalls als Autorität in diesen Angelegenheiten gilt).

Acht

Juni. Man hört Liza lachen und den Aufprall eines Balles. Das Bild, zuerst verschwommen, wird schärfer. Ein zerlumptes, hübsches kleines Mädchen, Zigeunerin oder Indianerkind, macht mir Zeichen, ihm durch endlose Korridore zu folgen. Es öffnet eine Tür. Auf einem großen Bett, das mitten im Zimmer steht, Liza Baldwin, nackt und umringt von acht Welpen.

Mit einem Satz fahre ich hoch und setze mich im Bett auf, erschrocken. Ich bin unrasiert, und um den Hals habe ich Lizas Perlenkette. Als ich aufstehen will, kippt das Bett. Ein Fuß muß abgebrochen sein. Ich nehme die Bücher, die auf dem Nachttisch liegen, und schiebe sie als Stütze darunter.

Das Zimmer ist in großer Unordnung, ein Chaos, als wären Einbrecher dagewesen. Die Kommodenschubladen sind herausgezogen, eine liegt auf dem Boden, ein Paar Schuhe auf dem Nachttisch, Badetücher über dem Fußteil des Bettes. Über der Lampe auf Lizas Seite ein Seidenschal, der in der Mitte angesengt ist.

Als ich mir heute morgen die Schuhe zubinden wollte, ist ein Schnürsenkel gerissen. Einen Augenblick lang empfand ich tiefstes Unbehagen. Ich habe darauf verzichtet, die Schuhe anzuziehen.

Liza Baldwin kommt herein und bewegt sich, zum Spaß, wie ein Automat, wie diese Puppen aus dem achtzehnten Jahrhundert: der Oberkörper aufrecht, die Hände vorgestreckt, darauf das Frühstückstablett, auf dem sie die Tassen und Löffel aneinanderklirren läßt, um den Eindruck des mechanischen Schreitens zu unterstreichen. Sie macht die Augen auf und zu, rollt die Pupillen, bewegt den Hals in kleinen Rukken, tut, als fände sie nicht den richtigen Weg. In dem Moment, in dem sie das Tablett aufs Bett stellen will, hält sie an – das Uhrwerk ist abgelaufen, der Oberkörper geneigt, das Tablett in der Luft, der Blick starr.

Ich versetze ihr einen Klaps auf den Hintern. Sie fängt wieder an, sich zu bewegen, stellt das Tablett auf dem Nachttisch ab und ruft: *»Et c'est pas encore fini!«*, zieht sich aus und schlüpft ins Bett, wo sie mich mit dem Honigduft ihrer Haut umhüllt. Inzwischen leben wir im Bett.

Ich schlage im Konversationslexikon nach, wer dieser Melampus eigentlich war: ein mythischer griechischer Seher, der die Gabe hatte, die Stimmen der Tiere zu verstehen. Die Töchter des Proitos hatten sich dem Dionysos-Kult verweigert und waren dafür von dem beleidigten Gott mit Wahnsinn gestraft worden: Melampus heilte sie.

»Du hast nie Drogen genommen?« Liza schlägt die Augen auf und nieder, behauptet nein. »Wir könnten jetzt damit anfangen und so das Ende beschleunigen«, sage ich. Sie lacht: »Du fragst, wie spät es ist, während die Uhr schlägt; du hast etwas Alttantenhaftes, das mich entzückt.«

Wir sind zu dem Schluß gekommen, daß es vor unserer Begegnung keine Männer und Frauen gegeben haben kann, oder es waren *identikits*, Versuche der Natur (nicht selten interessante), die uns unsere Existenz signalisieren sollten: mir die ihre und ihr die meine.

Es ist, als ob wir die Absicht hätten, alles in unsere Verbindung mit einzubeziehen, Väter, Mütter, Brüder, Schwestern, Onkel und Tanten, Vettern und Kusinen, die ersten Liebschaften, die Urlaube, die abseitigsten und schrecklichsten Gedanken, wie aus dem Strafgesetzbuch. Die Vergangenheit als totale gegenseitige Konfession, die sich in Energie umsetzt. Eine Art, sich zu spiegeln. Narziß ertrank im Teich, weil er darin das Spiegelbild seiner Schwester erblickte. Sie sagt zu mir: »Die großen Lieben sind etwas Elementares: Der Mann versucht immer, seine Mutter zu schwängern, und die Frau, ihren Geliebten zu gebären.«

Ich und Liza Baldwin unter der Dusche, zusammen, verschlafen. Ich bin immer noch unrasiert und habe die Perlenkette um den Hals. Sie will nicht, daß ich sie ablege. Liza seift mich langsam ein, sie wäscht mich wie ihr Auto. Man hört das Telefon läuten, lang, Pause, dann wieder. »Das Telefon ... Das Telefon muß man abnehmen.« Ich sage es ohne Überzeugung. Und Liza leise, als ob sie mich nicht wecken wolle: »Nein, das stimmt nicht.«

Nein, das ist keine Liebe mehr, es ist langsame Zerstörung, wie das Ausbluten in einer angenehm warmen Wanne. Ich gehe nicht mehr ins Zentrum von Chappaqua; sie fährt kurz hin, während ich noch schlafe, um die Einkäufe zu erledigen. Gestern war ich gerade am Schreiben, das heißt, ich habe die Erzählungen beendet (wirklich seltsam!), ich saß am Tisch – plötzlich ein nackter Fuß, der ihre, auf dem Blatt. Sie war auf den Tisch gestiegen, nackt, glitt auf mich herunter, und die Sache ging wieder los, hier, zwischen dem Papierkorb und den Tischbeinen; und ich: »Aber nein ... nicht doch.«

Unaufhörliches Eifersuchtsgeknurre. Sie will nicht, daß irgendeiner hierherkommt oder mit mir redet. Sie fletscht die Zähne.

Sie kratzen sich, ohne dem jedoch Gewicht beizumessen. Flöhe?

Das Schlafzimmer: geräumig, mit Holzdielen, niederen Fenstern. Solid, rustikal. An der Wand einer von Lizas Mondrians, der beste. Ich liebe den Körper von Liza Baldwin, nackt, von hinten gegen ihren degenerierten Mondrian gesehen. Das Bad ist im Korridor. Liza hat es mit anderen Bildern von sich vollgepflastert.

Die Veranda: In früheren Zeiten einmal benutzt, ein paar zusammengewürfelte Möbelstücke, wackelig und schon halb angefault. Als Jane Gay am Tag des Interviews Liza fragte, ob sie irgendwelche Verbesserungen plane, hatte sie geantwortet: »Ja, ich werde das Telefon abmontieren lassen.«

Ihre Welt: das Haus, die Garage, der Weiher, der Hügel; das gehört ihr, das besitzt sie auf natürliche Weise.

Tiefe Stille im Haus, wenn ich schlafe. Und doch fühle ich, daß sie wach ist, aufräumt, sich zu schaffen macht, auf leisen Sohlen von der Küche (in der sie ein Tablett nach dem andern herrichtet – und alle verschieden) zum Sofa geht (auf dem sie die Karten einer Patience auslegt), zum Bett: wo sie mir zuschaut, wie ich schlafe, oder sich neben mich kuschelt. Wenn ich aufwache und nach ihr rufe, ist sie sofort da.

Ich habe sie nach ihrer Familie gefragt. An den Vater erinnert sie sich so gut wie nicht. Sie hat (und es hängt hier im Wohnzimmer) das hochformatige Porträt eines Herrn mit Bart im Abendanzug und mit dem Zylinder in der Hand mitgebracht, nicht signiert, aber sicherlich von einem Bewunderer Whistlers, ungefähr 1880. Es ist ihr Großvater. Sie hat ihn nicht gekannt, aber er erinnert sie an ihren Vater, ohne Bart, den sie kaum gekannt hat. Das ist ihr ganzer *Background.* Als sie auf ihre Mutter zu sprechen kam, die sie faszinierend findet und zugleich verabscheut, sagte sie: »Sie ist eine Sphinx, aber dumm.« Sie habe ihre Hunde, lebe seit undenklichen Zeiten von der Rendite ihres Vermögens, trinke einen Liter Gin pro Tag oder fast, fixiert auf ein Bild von sich als jugendlicher Amazone. Sie hat ein paar Psychoanalytiker reich gemacht – nein, über die Mutter will Liza nicht reden. Aber ihre geheime Furcht, die sie das Gespräch so schnell beenden läßt, ist die, mit der Zeit so zu werden wie ihre Mutter. Daher lacht sie, wenn sie trinkt, um die Sache immer ins Scherzhafte zu ziehen. Ich habe sie gefragt, wie viele Männer sie schon gehabt hat. Antwort: »Ich weiß es nicht, einige.« Und sie fügte hinzu: »Die von den Weekends mitgerechnet und, *of course*, den Freund in Paris.«

Fabros Öde rührt nicht von der Übersättigung an den Dingen her, sondern von dem Gefühl ihrer Nutzlosigkeit. Er empfindet nicht einmal mehr einen geistigen Antrieb: Alles ist bereits gesagt worden. Er arbeitet, ohne sich etwas vorzumachen, nur weil er den Selbstmord verabscheut. Liza versetzt ihn in gewisse Sommer seiner Kindheit zurück, und er entdeckt, daß auch das wenige, das er zu wissen glaubte, falsch ist, unnütz.

Die Schlüsselszene, wahrscheinlich.

Liza Baldwin und ich saßen gerade in der Badewanne, als die Hausglocke schellte. In ein Laken gehüllt, ging ich zur Küchentür. Hinter der Glasscheibe stand Jesus Christus. Gekleidet wie auf den Heiligenbildchen, mit denen man uns als Kinder bedachte: rote Tunika, hellblaue Toga, blondes, gewelltes Haar, Bart.

Ich unterdrückte eine ärgerliche Regung.

Doch im Grunde ist mir der junge Mann sympathisch; er war schon ein paarmal da, er verteilt Heftchen über die Liebe, das Leben, die Technisierung und so weiter. Er verlangt kein Geld, aber er nimmt es an.

Dazu kommt, daß ich seit zehn Tagen keinen Menschen mehr gesehen habe. Ich habe wirklich das Gefühl, als hätte ihn der Himmel geschickt. Ich lächle: »Ach, Sie sind es? Immer noch das ewige Heil?«

Und er: »Ich bringe Ihnen die letzten beiden Broschüren. Haben Sie die anderen gelesen?«

Ich habe sie nicht gelesen. Ich scherze: »Wollen Sie mich bekehren? Ich habe Ihnen doch schon gesagt, daß ich katholisch bin, apostolisch« – und in Anspielung auf mein Bettlaken: »römisch«.

Bar jeglichen Humors, bemerkt er den Scherz nicht. »Hören Sie«, sagt er, »ich möchte einmal mit Ihnen reden. Gefällt Ihnen eigentlich die Zeit, in der wir leben?«

»Soso lala.«

»Aha, sie gefällt Ihnen also nicht! Doch die Zeiten werden sich ändern.«

»Das ist möglich, aber was habe ich damit zu tun?« Und da er Anstalten machte zu gehen: »Möchten Sie nicht zum Mittagessen bleiben?«

Er war überrascht und geschmeichelt. Er nahm mitten im Zimmer Platz, mitten in dem ganzen Durcheinander. Ich war gerade dabei, einen Tisch freizuräumen, um ihm klarzumachen, daß wir tatsächlich essen würden, als Liza hereinkam: äußerst argwöhnisch, dramatisch, in der Luft schnuppernd (was gibt's? was gibt's?) – überzeugt, daß wieder ein Telegramm eingetroffen sei. Ich sagte ihr, daß wir einen Gast hätten; sie ging in die Küche, von der aus sie uns im Blick behielt. Ich und der Heftchenverteiler fingen an, ein bißchen zu trinken. Der junge Mann hat ein sanftes Naturell und eine Mädchenstimme. Er heißt Walker.

»Also«, sagte ich, »die Zeiten werden sich ändern.«

»So ist es uns im Wort des Herrn verheißen.«

»Jaja«, erwiderte ich, »aber warum sollen sie sich eigentlich ändern? Es sind doch großartige Zeiten für die Springer.«

Er lächelte: »Die Springer? Ich verstehe nicht …«

Ich: »Gestatten Sie mir ein Gleichnis?«

Er breitete die Arme aus, wie um zu sagen: Natürlich!

Und daraufhin ich: »In diesem Spring-Wettkampf gibt es keinerlei Regeln. Man weiß nicht einmal, ob es sich um einen Wettkampf im Hochsprung oder im Weitsprung handelt. Es sind zwar zwei Pfosten da, aber es fehlt die Latte, mit der man die Höhe des Sprungs mißt, und es fehlt die Sandbahn, um die Weite zu messen. Die Athleten springen trotzdem …«

Liza Baldwin brachte ein Tablett mit Weißwein, Bergschinken, griechischen Oliven, Heringen aus der Ostsee, Brot und

Butter: das *Hors d'œuvre*. Mein Gleichnis lief Gefahr unterzugehen. Ich nahm eine der riesigen, schlecht geschnittenen Schinkenscheiben, der junge Mann machte es mir nach. Nach einer Weile fing ich wieder an:

»Und alle erhalten Beifall. Können Sie mir folgen? Es gibt welche, die stürzen, noch ehe sie die Pfosten erreicht haben. Macht nichts, sie bekommen ihren Beifall als Champions des Sturzes *vor* den Pfosten. Wer dagegen *hinter* den Pfosten stürzt, wird als Champion dieser Gattung beklatscht. Einen Augenblick noch! Es gibt andere, die vom Wettkampf zurücktreten, ohne es überhaupt erst versucht zu haben. Das sind die Champions des *Nichtsprungs* durch Rücktritt vor dem Wettkampf. Klar?«

Der junge Mann nickte zustimmend mit dem Kopf, kauend. Liza Baldwin brachte eine große Platte mit Frikadellen, Roastbeef und Bohnen herein und hielt sich in einem Winkel, wie die Frauen aus der Küche, die am Fest nicht teilnehmen. Ich fuhr fort:

»Andere Springer bleiben gleich zu Hause. Gut, sie bekommen Beifall als die *zu Hause gebliebenen* Champions des Sprungs. Es gibt keine Möglichkeit, seiner Rolle zu entgehen. Jedermann ist ein Springer. Die Kunst des Sprungs hat noch nie eine glänzendere Epoche erlebt. Was gibt es an all dem zu ändern?«

Der junge Mann trank seinen Wein, dann, ohne Ironie: »Und in welcher Art von Sprung sind Sie Champion?«

Liza Baldwin, die gerade wieder in die Küche gehen wollte, blieb stehen, um meine Antwort zu hören.

Ich sagte: »Ich bin der, der auf dem Sims des obersten Stockwerks steht und erst noch überlegt, ehe er sich hinunterstürzt. Aber es gibt zwei mögliche Schlußszenen. Bei der zweiten kann er sich auch nicht hinunterstürzen, sondern sich von einem Feuerwehrmann, von einem Polizisten, ja sogar von einem Priester überreden lassen.«

Ich ließ mich aufs Sofa fallen, glücklich. Noch nie habe ich soviel geredet! Und der Heftchenverteiler aß ungerührt weiter.

Ich schnappte mir Liza im Flug und setzte sie neben mich; ich fühlte sie süß und nachgiebig und war erfüllt von Euphorie.

Ich sagte ihr ins Ohr: »Hör zu, Liza Baldwin, machst du mir ein Kind?«

Überrascht und glücklich flüsterte sie: »Jetzt gleich?«

»Nein, nein, ich meinte nur überhaupt, ein Kind.«

»Eins?« Sie fing an, die Stimme zu heben. »Was heißt schon eins? Man müßte sechs oder sieben machen, wie früher, im Ernst.«

»*Sachant les faire*, wie Clara d'Ellebeuse.«

Und sie, mit wachsender Begeisterung: »Eins? Nein, acht, zehn, daß man gar nicht mehr weiß, wie viele es sind, daß man die Namen verwechselt, so viele, daß sie durchs ganze Haus wuseln, unter die Betten, über die Tische, und sie essen, springen davon, jagen den Katzen nach – und dann alle miteinander ins Bett. Das Durcheinander, die Wärme, die Gewißheit, daß alle beisammen sind, während es draußen regnet … da schau!«

Sie deutete zum Fenster. Ein plötzlicher Regenguß, fernes Donnern, die Ankündigung des wiederkehrenden Sommers. Ich gab keine Antwort. Das Durcheinander, die Zerrüttung, das Leben, akzeptiert als etwas, das man anderen zu überlassen hat! Der blumengeschmückte Tod mit dem Schädel aus Zukker, und nichts als Analphabeten! Ist das die Lösung? Ich sagte: »Und ich möchte schreiben! Bevor es mir nicht gelingt, mich zu befreien – von …«

Liza Baldwin, in höchster Spannung: »Von was? Von was?«

»Ach nichts«, sagte ich, »ein Mädchen, es ist viele Jahre her.«

Liza Baldwins Gesicht wurde blaß, sie starrte mich mit zusammengepreßten Lippen an. Auch unser Gast hatte sich zu mir gewandt und wartete darauf, daß ich fortfuhr. Aber was würde er schon begreifen? Der Zufall hatte sich ausgerechnet mich ausgesucht, in einem glücklichen Herbst, um mich zu vernichten, um mir jeden Glauben zu nehmen ... Tatsächlich erscheint mir seit damals alles, was ich tue, suspekt, sinnlos – wenn es so etwas geben darf, etwas, vor dem der Schrecken der schlimmsten Greuel, die passieren, verblaßt ... während wir fortfahren, zu leben und uns allen Ernstes für unsterblich zu halten. Ein kleines Mädchen, das auch in meinen Träumen wiederkehrt, manchmal warte ich sogar darauf, und es redet zu mir, oder es führt mich an der Hand durch lange Korridore, nutzlose Türen öffnend.

»Es ist viele Jahre her, auf einer Wiese am Stadtrand, eigentlich schon auf dem Land, einer Wiese, die mit einer Pappelreihe endete. Aus der Ferne sah ich, wie sich Liebespaare ins Gebüsch verzogen. Ich war allein, und dieses kleine Mädchen folgte mir, wie man einem Gott folgt.« Instinktiv nickte ich dem Heftchenverteiler zu. »Es war arm, zerlumpt und bildschön.«

»Wie alt war es?« fragte Liza.

»Zehn, elf. Ein Kind. Ich hielt sie für eine frühreife Straßengöre. Sie hatte große Augen, und wenn ich sie ansah, lächelte sie. Sie wich mir nicht von den Fersen. Ich schämte mich wie ein Dieb, hatte Angst, eine zweideutige Angst, vielleicht weil ich insgeheim wünschte, daß sie bliebe. Um sie loszuwerden, aber sie wollte nicht, also, um sie loszuwerden, gab ich ihr, völlig stupid, einen Geldschein.«

Liza, in großer Erregung: »Und sie?«

»Sie hat ihn aufgegessen. Sie war verrückt.«

Liza stieß einen gellenden Schrei aus. »Nein, nein!« Sie sprang auf, lief zu dem jungen Heftchenverteiler: »Nein! Nein, das ist nicht wahr!« Sie kehrte wieder zu mir zurück, schreiend, verzweifelt: »Und du? Und du?«

»Was hätte ich denn tun sollen? Ich habe sie stehengelassen, ich bin fortgelaufen.«

Ich versuchte, Liza zu beruhigen; sie warf sich auf den Boden, von einer wirklichen Nervenkrise geschüttelt.

»Warum hast du sie nicht weggeholt? Warum? Warum ist sie nicht hier, jetzt?«

Schluchzend hämmerte sie mit den Fäusten auf den Boden. Zu spät begriff ich, daß ich mit meiner Erzählung einen Fehler begangen hatte. Ich kniete mich neben Liza hin und versuchte, sie zu streicheln und alles wiedergutzumachen.

»Aber man hat nach ihr gesucht«, sagte ich, »ganz bestimmt hat man sie gefunden.«

Liza hämmerte weiter mit den Fäusten auf den Fußboden, von kindlichem Schluchzen geschüttelt, das Gesicht naß von Tränen und Rotz, erbarmungswürdig. Plötzlich schrie sie wieder von neuem los: »Du hättest sie nicht dortlassen dürfen … das hättest du nicht tun dürfen!« Und ich, völlig am Ende, versuchte sie zu beruhigen: »Ja, sicher, du hast recht, ja, Liza, das hätte ich nicht tun dürfen.«

Der junge Heftchenverteiler stand auf und machte mir ein Zeichen, ich solle mich nicht bemühen, er finde den Weg allein. Er ging hinaus in den Regen, hüpfend, um den Pfützen auszuweichen. Liza hat eine Stunde lang weitergejammert, wie eine Gebärende.

Schlafzimmer. Es ist Nacht. Draußen prasselt ein heftiger amerikanischer Regen, man hört plötzlichen Donner, der Wind läßt ein Fenster auf- und zuschlagen. Die Nachttischlampe brennt, Fabro sitzt im Bett, nur in der Hose, er überprüft die Übersetzung seiner Erzählungen, die er am nächsten Tag an den Verleger abschicken soll.

Am Bettende, quer vor seinen Füßen, schläft Liza Baldwin. Auch sie ist fast nackt. Fabro hat, um sich irgendwie abzustützen, seine nackten Füße auf ihrem Hinterteil; er schüttelt sie, weckt sie auf.

»Mach das Fenster zu, Liza.«

Liza Baldwin rappelt sich hoch, gleitet wie eine Schlafwandlerin vom Bett und geht, um eine Kommodenschublade zu schließen. Fabro tadelt sie sanft:

»Das Fenster, habe ich gesagt.«

Immer noch wie im Schlaf geht Liza, um das Fenster zuzumachen, und legt sich wieder aufs Bett, in der gleichen Stellung wie vorher. Fabro stützt wieder seine Füße gegen ihr Hinterteil. Diese warme, kompakte, schlaftrunkene Form vermittelt ihm das Lustgefühl einer Unterwerfung, die aus der Nacht der Zeiten kommt, und in ihm regt sich erneut das Verlangen. Er läßt die Blätter auf den Teppich fallen, mit seinen Gedanken ganz bei Liza Baldwin.

Die Unmöglichkeit, die Totalität der Liebe zu erfahren. Sie lieben sich – aber nur indem sie sich zerstörten oder erniedrigten, könnten sie einer dem anderen total gehören, vielleicht … Er schlüpft zu Liza Baldwin, drückt sie an sich, küßt sie auf die Schultern, schnuppert ihren Geruch eines sauberen Tieres. Er beißt sie sogar in den Nacken. Liza Baldwin rührt sich nicht. Sie gibt nur ein schwaches Knurren von sich, das sich mit dem Krachen des Donners vermischt. Sie läßt es mit sich geschehen. Er wird auch der Herr ihres Schlafs sein.

Lizas heftige Krise nach der Erzählung von dem verrückten kleinen Mädchen, das den Geldschein aufgegessen hatte, wurde durch den Verdacht ausgelöst, daß Fabro sie für »eine Verrückte« halten könnte. Und das ist bei Fabro unbewußt der Fall: Deshalb hat er sich an das Mädchen erinnert.

Langer Spaziergang in den umliegenden Hügeln mit Liza. Wir haben einen glücklichen Nachmittag verbracht, einen jener Momente, die sich schon im Augenblick ihres Vergehens der Erinnerung einprägen und zurückkommen werden, wenn Liza und ich einmal nicht mehr beisammen sind, falls es dazu überhaupt je kommen kann: Ich zweifle daran. Sie wirkt ruhiger, ergeben in ihr Schicksal, das darin besteht, mich anzubeten. Sie folgte mir wie eine resignierte Iphigenie, mit einem Ausdruck, als ob sie jedesmal, wenn ich stehenblieb, fragen wollte: Hier? – erstaunt und verwundert, den Opferaltar nicht errichtet zu sehen.

Neun

Das erwartete Auftauchen der Kundschafter.

Ein Sonntag Ende Juni. Fabro versucht sich durch die voluminöse Sonntagsausgabe der *New York Times* zu wühlen, um den Literaturteil herauszufischen. Er hat die übersetzten Erzählungen an den Verleger geschickt; eine absurde Hoffnung läßt ihn sich einbilden, das kurze Interview mit ihm könnte bereits untergebracht worden sein. Er sitzt in einem Liegestuhl auf der Terrasse hinter der Küche, vor sich die Garage und den Weiher. Sogar ein Sonnenbad nimmt er, das heißt, er beschließt, ein Sonnenbad zu nehmen, genau in dem Augenblick, als die Sonne hinter Wolken verschwindet. Liza Baldwin ist im Haus, sie liest die Kopie seiner Erzählungen.

Fabro steht unruhig auf, er hat das Gefühl, als sei irgend etwas in seinem Rücken.

Er sieht einen Hund, der sich hinter einen Busch zurückzieht und ihn durch die Zweige anstarrt. Wenige Meter weiter, unbeweglich, ein zweiter Hund. Große, schwarze Tiere, noch nie gesehen in dieser Gegend. Sie scheinen auf jemanden zu warten, wie zwei Verschwörer.

In einer instinktiven Regung schaut Fabro zum Haus. Warum sind sie hier, diese schwarzen Kundschafter? Sie gehen nicht weg. Er versucht sie durch eine Bewegung zu vertreiben, ohne zu schreien; sie rühren sich nicht. Da geht er auf sie zu. Sie weichen zurück, bleiben wieder stehen. Er hebt zwei leere Bierdosen auf, wiegt sie in den Händen und wirft damit, eher freundschaftlich, nach ihnen. Schließlich erinnert er sich an einen Bauern, der ihm einmal erzählt hat, wie man sich gegen Hunde verteidigt: Man muß so tun, als wolle man sich den Kopf abreißen, um ihn gegen sie zu schleudern. Fabro packt seinen Kopf mit den Händen, drohend, als wolle er werfen. Die Hunde ziehen sich stumm zurück, verschwinden hinter der Garage.

Es gefällt ihm nicht. Es gefällt ihm überhaupt nicht. Vielleicht sollte er Gerald O'Malley anrufen, um zu hören, was der von der ganzen Geschichte hält – und vor allem, was jetzt diese Hunde sollen. Aber Gerald ist nicht da, das hätte er sich ja denken können.

Aus dem Zimmer verkündet Liza: »Ich bin fast fertig.«

Sie liegt auf dem Fußboden und liest. Um sie herum zusammengeknüllte und zerrissene Blätter. Fabro achtet zunächst nicht darauf, bis ihm plötzlich der Verdacht kommt, es könnten Blätter seines Manuskripts sein. Er stürzt sich auf die Knie, packt eines, zwei, drei, wirft einen Blick darauf und hat die Bestätigung. Für einen Augenblick bleibt ihm die Luft weg, die Empörung verschlägt ihm die Sprache. Liza sieht ihn ruhig an, lächelnd, fragend und überrascht:

»Die ganze Geschichte mit dem Türkischen Bad. Ich habe gemeint …«

Fabros Zorn entlädt sich wie ein Donner: »Was hast du gemeint? Wieso erlaubst du dir, etwas zu meinen? Wie kannst du es wagen!«

Liza Baldwin: »Ich habe gedacht …«

Fabro: »Du sollst nicht denken! Wer bist du, daß du einfach zerreißt, was ich schreibe? Antworte! Wer bist du?«

Er hat sie am Blusenkragen gepackt und schüttelt sie. Er schließt die Augen, um sich daran zu hindern, sie zu schlagen; dann läßt er sie plötzlich los, sammelt die zerrissenen Blätter auf (die einzige Kopie, die er hat!), erhebt sich, immer noch wütend und unter stammelndem Geschimpfe, das lauter und lauter wird, bis er schließlich mit den Fäusten auf den Tisch hämmert. Liza rennt die Treppe hinauf, die zum Schlafzimmer führt.

Fabro sieht sie fliehen; er nimmt die Blätter, streicht ein paar davon auseinander und sucht sie zu glätten, sein Zorn beginnt zu verrauchen. Er brummelt. Offensichtlich voll Reue über die Szene, geht auch er zur Treppe und ruft nach Liza. Die Badezimmertür steht offen. Auch das Schlafzimmer ist leer. »Wo bist du? Komm heraus!« Er öffnet die Tür zu einem anderen Zimmer, dem Gästezimmer, wohin sich Liza für gewöhnlich nach einem Streit flüchtet. Er kehrt wieder ins Schlafzimmer zurück, brüllt entnervt: »Dumme Gans!«

Nichts. Er schaut unter die Bettdecke, wirft die Kissen in die Luft, reißt die Schranktür auf, wühlt zwischen den aufgehängten Kleidern. Und da ist Liza plötzlich hinter seinem Rücken. Fabro macht einen Satz und schließt die Schlafzimmertür, damit sie nicht hinaus kann, aber schon hat sich Liza unters Bett verkrochen. Sie gibt keine Antwort. Sie will nicht herauskommen. Fabro kniet sich hin, streckt eine Hand unters Bett, um sie am Arm zu packen, aber mit einem Schrei zieht er die Hand sofort wieder zurück. Liza Baldwin hat ihn gebissen.

Rasend vor Wut, kippt er das Bett gegen die Wand. Und auf dem Fußboden eine schmutzige, staubige, zusammengekauerte Liza Baldwin, die sich in Panik um sich selbst dreht, ohne eine Möglichkeit des Entrinnens.

Fabro würde am liebsten heulen. Oh, sein armer Liebling! Sie zittert. Wie kann man nur so dumm und grausam sein! Er kniet sich zu Liza Baldwin hin, streichelt vorsichtig ihren Fuß. »Oh, *amore mio*«, sagt er. »Nun komm schon her. Schöne Liza. Ich tu dir doch nichts … Brave Liza, komm.« Und weiter: »Was hat man meiner Liza getan? Hat man sie erschreckt … Die Bösen. Liza Baldwin ist brav … Liza Baldwin ist schön …«

Liza Baldwin nimmt mit unendlicher Dankbarkeit Fabros Liebkosungen hin, reibt ihren Kopf an seiner Brust.

Ehe ich es vergesse, halte ich das Gespräch fest, das wir vor kurzem in der Küche geführt haben, wo wir bei einer Flasche Sekt unseren Frieden besiegelten. Liza macht gerade das Mittagessen.

ICH: Du hast recht, die Geschichte mit dem Türkischen Bad ist nicht klar, ich nehme sie raus. Mir hat die Idee gefallen: Ein Mann, der ins Türkische Bad geht, danach in die Türkei reist und zuletzt Türke wird und alles aufgibt. Dieses Schicksal, daß jemand unter der Magie eines Wortes eine Metamorphose akzeptiert, deren er sich gar nicht bewußt ist, und sich dabei zugrunde richtet.

LIZA: Kann so was passieren?

ICH: Es kann jedem passieren, daß er sich verändert, daß er sich als etwas anderes fühlt. Ich wollte als Kind ein Pferd werden. Galoppieren, eine Mähne haben. Und du?

LIZA: Nichts.

ICH: Wolltest du nie etwas anderes als Liza sein? Nie eine Sirene, ein Tiger, ein …?

LIZA: Ein Baum.

ICH: Da siehst du: ein Baum.

Aber ich hatte die Frage schlecht gestellt, und es ist ein Kindergeschichtchen dabei herausgekommen. Doch Liza ist alles andere als ein Kind. In den unerforschten Regionen des Seins steht Liza Baldwins Palast, und die Gefährten des Odysseus werden nicht mehr in Schweine verwandelt, sondern in Schriftsteller ohne Einfälle. Eines Morgens werde ich aufwachen und neben mir den glitschigen Kopf eines Krokodils spüren, mit seinem gläsernen Auge und dem Atem der Hölle.

Ich höre auf, weil es zum Mittagessen geht. Sie hat eine gräßliche Idee gehabt: unseren Frieden mit einem Picknick zu ratifizieren, hier vor dem Haus, am Ufer des Weihers.

Derselbe Sonntag. Nachts.

Sie ist im Gästezimmer eingeschlossen. Ich habe den Schlüssel hier auf dem Tisch. Ich notiere in Eile, was sich zugetragen hat. Wir sind ans Ufer des Weihers gegangen, der im Mittagslicht und an einem bewölkten Tag wie diesem sein romantisches Flair verliert und seinen nüchternen Charakter eines Wasserreservoirs für landwirtschaftliche Zwecke offenbart. Im Uferschlamm liegen ein altes Fahrrad, eine Kiste, Flaschen, Schuhe. Ein unangenehmer Ort. Aber ein paar Meter vom Ufer entfernt ist das Wasser sauber. Während wir dort drin waren und uns, so gut es ging, vergnügten, hörte ich das Bellen eines Hundes. Alle beide waren wieder da, diesmal standen sie am Ufer, schwarz und ruhig, und starrten uns an: nicht etwa an den Picknickkörben interessiert, sondern an uns. Sehr würdevoll, muß ich sagen; ja, von so edler Rasse, wie ich sie nie gesehen habe, es sei denn bei antiken Skulpturen, dem Farnesischen Stier. Mit wenigen Zügen war ich aus dem Wasser, trat ihnen ruhig entgegen, mit dem Kopftrick. Sie blieben unbeweglich stehen. Daraufhin nahm ich einen großen dürren Ast, schob ihn ihnen entschlossen bis unter die Schnauzen und schrie: »Haut ab!« Ich glaube, sie hätten mich zerfleischen können. Statt dessen machten sie kehrt und trotteten davon, ohne Eile. Liza trällerte inzwischen vor sich hin.

Ich fragte sie: »Von wem sind diese Hunde?«

Und sie: »Hunde? Keine Ahnung.«

Wir holten den Proviant aus den Körben: genug, um ein ganzes Heer zu verpflegen. Ein zerteiltes Huhn, ein riesiges Roastbeef, eine Languste. Und dazu noch Maiskolben, Käse und eine Torte. Ein wenig verstimmt sagte ich: »Liza Baldwin, du bist ein außergewöhnliches und geheimnisvolles Wesen. Und du tust alles, ohne diese Leidensmiene der zur Küche verurteilten Frauen aufzusetzen. Aber …«

Ich wollte hinzufügen: Aber dir fehlt der Sinn für das Maß. Ich habe mich gerade noch rechtzeitig beherrscht, sie geküßt, um ihr meine Dankbarkeit zu zeigen und dieses »Aber« in der Schwebe zu lassen. Sie jedoch zog ihre eigene Schlußfolgerung: »Aber ich tauge zu nichts.«

Die Hitze, die Schnaken, es war nicht der beste Ort für ein »Frühstück im Freien«, das fast schweigend eingenommen wurde. Man hörte Gewehrschüsse, fern, gedämpft. Aber jetzt ist doch keine Jagdsaison, sagte ich mir. Trotzdem, diese Hunde … Sicher waren sie der Aufsicht ihres Herrn entflohen. Liza hatte sich auf einer Decke ausgestreckt, ich machte es ihr nach. Ich schaute in den weiten, grauen Himmel, ohne an etwas zu denken. Als ich aufwachte, war sie nicht mehr da.

Ich fand sie weder auf dem Hügel noch unter den Bäumen. Und auch nicht im Haus; und nach Chappaqua konnte sie nicht gefahren sein, denn das Kabrio stand in der Garage. Ich rief mehrmals nach ihr. Das Herz voll düsterer Vorahnungen, die die fernen Gewehrschüsse noch verstärkten, machte ich mich auf die Suche: Zwei Stunden lang fuhr ich die sonntäglich ruhige Umgebung ab, durch neu errichtete Wohngebiete mit Wiesen und erst vor kurzem bezogenen Häusern, munter spielenden Kindern, Tennisplätzen und kleinen Pferden.

Schließlich habe ich sie gefunden, angelockt durch das Bellen der Hunde und Lizas schallendes Lachen. Auf einer einsamen Lichtung, vier Meilen von hier. Ich beobachtete sie vom Straßenrand aus und zählte die Hunde. Es waren sechs: die zwei schwarzen Doggen, ein Cockerspaniel, zwei gefleckte Bastarde und ein Schäferhund. Dann tauchte noch ein siebter auf, ein Dackel, den das Gras verdeckt hatte. Woher sie kamen, habe ich mich nicht gefragt, aber es ist wahrscheinlich, daß es sich um Hunde aus der Nachbarschaft handelte, denn alle schienen frei und ohne Halsband herumzulaufen. Oder vielleicht um Hunde aus einem Zirkus; zu dieser Vermutung brachte mich die Art ihres Verhaltens: Sie umkreisten Liza, fast als ob sie den Befehlen eines Dompteurs gehorchten. Wenn sie lief, folgten sie ihr in einer Reihe, mit der konzentrierten Miene von Hunden, die auf einen Befehl warten, der das Spiel vorantreibt, oder darauf, daß einen von ihnen die Wahl trifft. Liza Baldwin wirkte unentschlossen. Über ihrem Badeanzug trug sie einen flatternden roten Rock, und sie erschien mir wie ein Bauernmädchen aus fernen Landschaften, ungebärdig und schmutzig, aber heißblütig, herausfordernd: eine von denen, die die Burschen im Gebüsch gar nicht mehr losließen, weil jeder darauf wartete, daß er an die Reihe kam, angezogen von jenem Rot, in dem sie das Symbol der Freiheit sehen. Unbeholfene junge Männer im Sonntagsanzug, einer hinter dem anderen … Ich stand immer noch da, um Liza zu beobachten. Sie lief zu einem Gebüsch, und alle Hunde hinter ihr drein, die beiden Doggen an der Spitze, ohne sonderliche Eile. Da habe ich sie gerufen.

Als sie mich sah, versuchte sie für einen Moment, sich zu verstecken. Ich blieb so ruhig wie möglich und machte ihr ein Zeichen. Sie rannte mir entgegen, mit solchem Ungestüm, daß ich sie nicht halten konnte und im Gras landete, sie auf mir, lachend, glücklich, vollkommen verrückt, mit riesengroßen Augen, förmlich an meinem Körper klebend. Über ihre Schulter sah ich die Hunde, die sich auf Distanz hielten, unruhig, enttäuscht, knurrend. Ich schleifte Liza Baldwin zum Kabrio, und ein ganzes Stück weit hatten wir die gesamte Meute hinter uns, den Schäferhund an der Spitze, bis es mir gelang, sie auf einem langen Umweg quer über die Hügel, bei dem ich mich beinahe rettungslos verfahren hätte, abzuhängen. Im Wald kündete sich der Abend an, und mit ihm all die Gedanken des Abends, auch die am weitesten zurückliegenden, und die Verwirrung eines Gefühls, das im Begriff war, sich im Schweigen der Märchen zu verzerren. Nicht mehr die friedlichen, weißgetünchten Villen, sondern Schilder, die ich nicht verstand, und schließlich eins am Gartentor eines in Dunkel getauchten Hauses, das eigens für mich angebracht worden zu sein schien: *Don't ask for directions.* Ich durfte nicht fragen, sondern mußte den Weg des Irrtums bis zum bitteren Ende gehen. Liza kauerte schweigend in ihrem Winkel. Als wir nach zwei Stunden heimkamen, waren die Hunde nicht da. Ich frage mich, ob sie wiederkommen werden. Ich habe Gerald O'Malley angerufen; er kommt morgen zu Besuch und tut so, als wäre er ein alter Freund.

Ich fuhr an den Bahnhof, um sie vom Sieben-Uhr-Zug abzuholen. Ich hatte Liza gesagt, ich müsse zum Bahnhof hinunter, um Papier und Spirituosen zu kaufen. Die zwei kamen sehr vergnügt an, Gerald und seine Sekretärin Joyce: ein willkommener Anlaß für ein Abendessen auf dem Land, um dann mit dem letzten Zug in die Stadt zurückzukehren. Schon das hat mir die Laune verdorben. Die beiden sind ein Liebespaar aus Gewohnheit, Joyce ist eine blonde Dreißigerin, mit näselndem Akzent, die versucht, wie Gerald zu reden, mit oft unglaublichen Resultaten. Sie schaut mich an, als ob sich zwischen uns etwas Schicksalhaftes ereignen sollte.

Als erstes habe ich Gerald ein Blatt übergeben, das ich vorbereitet hatte, mit allen meinen Beobachtungen. Und in der Garage, noch ehe wir ausstiegen: »Gerald, ich flehe dich an, laß sie nicht merken, daß du Nervenarzt bist, Psychoanalytiker. Sie muß Dutzende davon zu Hause erlebt haben, wegen ihrer Mutter. Und Sie, Joyce, sagen Sie bitte nicht, daß Sie die Sekretärin sind. Macht es Ihnen etwas aus, als Geralds Frau zu gelten?«

Joyce, mit einem Lächeln: »Das macht mir ganz und gar nichts aus.« Und Gerald: »Einigen wir uns auf etwas weniger Verbindliches: Freundin.« Sie nahmen das Ganze als Amüsement, lachten, redeten ungeniert.

»Sprecht leise«, sagte ich verärgert. »Ihr seid zwei Freunde, die ich seit langer Zeit nicht mehr gesehen habe, Liebespaar, geschieden, ganz gleich, ich habe euch zufällig am Bahnhof getroffen und zum Abendessen eingeladen.«

Liza erschien unter der Garagentür. Als ich ausstieg, fiel sie mir so leidenschaftlich um den Hals, als hätten wir uns ein Jahr lang nicht gesehen. Ich machte bekannt:

»Hier habe ich zwei Freunde mitgebracht, die ich ewig nicht gesehen habe, sie waren in Europa, wir haben uns zufällig getroffen.«

Liza lächelte. Im Haus machte sie sich daran, die Getränke herzurichten. Das Wohnzimmer war in einem unbeschreiblichen Zustand. Joyce schaute sich um und fragte mich: »Einbrecher?« Ich antwortete kurz und bündig: »Nein.« Dann nahm ich Gerald beiseite: »Was hast du für einen Eindruck?«

Gerald: »Bildschön.« Doch er merkte, daß ich kein ästhetisches Urteil von ihm erwartete. Er korrigierte sich: »Du sagst, daß sie beißt? Ich finde sie aber recht liebenswürdig. Übertreibst du nicht?«

Wie schwierig es doch ist, einem Außenstehenden den Ernst meiner Lage klarzumachen! Ich sagte: »Sie ist fähig, mit dem erstbesten durchzugehen, der ihr ein bißchen schöntut. Mit dem erstbesten Hund.«

Und er, bagatellisierend: »Aber das ist doch bei allen so, das ist ein Symptom der Angst, der Unsicherheit unserer Zeit. Versuch mal, Joyce ein bißchen schönzutun. Sie leckt dir die Hände. Sie steckt bis zum Hals im Elektra-Komplex. Fixiert auf das unnachahmbare Bild des Vaters, frigide.«

»Liza? Ganz im Gegenteil!«

Und Gerald: »Ich sprach von Joyce.«

Liza kam mit den Eiswürfeln herein, sie hatte für alle Martini hergerichtet. Ich sagte zu ihr, sie täte gut daran, sich umzuziehen, wir würden zum Essen ausgehen, da ich sie nicht hätte verständigen können. Und sie: »Es ist alles schon fertig.«

Sie versetzte Joyce in Schrecken, indem sie mit einer Bewegung alles vom Tisch wischte, was darauf herumlag, und ihn dann mit den Tellern und dem Besteck deckte. Ich sah, daß Gerald das imponierte. Liza kündigte *canard à l'orange* an, sie hatte bereits zwei Flaschen Burgunder entkorkt, aus der Küche strömte ein Duft nach Restaurant; und für einen Augenblick, das muß ich zugeben, sonnte ich mich im Glanz eines beneidenswerten Liebhabers.

Gerald und Joyce haben dem opulenten Mahl, bei dem auch Languste und Zitronentorte nicht fehlten, mit Genuß zugesprochen. Ich aß nur widerstrebend. Liza Baldwin überwachte alles, schaute, daß nichts fehlte, immer auf dem Sprung, reichte die Cracker und den Käse, füllte die Gläser nach, entkorkte weitere Flaschen. So lief die Mahlzeit auf einen Monolog von Gerald hinaus, über die Kopulationsexplosion in den Vereinigten Staaten und in der Welt, die in direkter Proportion zur kulturellen Explosion stehe.

Hierzu bemerkte Liza: »Wenn Kopulation und Kultur in der Statistik miteinander einhergehen, so widerspricht das Freud, nach dem die Gesellschaften auf der Unterdrückung der Triebe basieren. Die Gesellschaft von morgen wird also offensichtlich auf der Freiheit sämtlicher Triebe basieren, auch der kulturellen.«

Ich machte Gerald ein Zeichen, sich von dem Stichwort Freud nicht provozieren zu lassen, und damit war das Thema beendet. Joyce sagte noch: »Fest steht, daß die Explosion mich noch nicht erreicht hat.« Der Burgunder war ausgezeichnet und hatte ein Bouquet nach Veilchen.

Als Liza wieder in die Küche ging, um den Espresso zu kochen, flüsterte mir Gerald zu, als wolle er mir damit ein Kompliment machen: »Dafür, daß sie ein Hund ist, argumentiert und kocht sie himmlisch.«

Danach suchte ich die Zügel des Abends in die Hand zu nehmen. Um Gerald und Liza Gelegenheit zu ihrem Gespräch zu geben, schlug ich Joyce augenzwinkernd vor, wieder einmal unser Gin-Rommé zu spielen, zu einem Cent pro Punkt. Und sie, aus allen Wolken fallend: »Wieso?« Gerald kam mir zu Hilfe, indem er Liza auf die Veranda drängte: Er wolle die Landschaft bei Mondschein sehen. Und wir setzten uns hin, um zu spielen. Nach einer Weile bemerkte ich, daß Joyce nicht bei der Sache war, sondern einem Gedanken nachhing, der sie lächeln machte. Sie hob zwei Karten auf einmal ab, warf drei auf den Tisch, fixierte mich, bis ich schließlich ihren nackten Fuß fühlte, der sich immer weiter über meinen Stuhlrand schob.

Ich sagte barsch: »Nehmen Sie Ihren Fuß da weg und ziehen Sie Ihren Schuh wieder an.«

Und sie, unbeeindruckt und hartnäckig: »Warum? Mir ist heiß.«

Ich hielt es nicht lange aus. Ich stand auf, und sie folgte mir schmollend auf die Veranda; wir kamen gerade rechtzeitig, um zu sehen, wie Liza Baldwin mit ihrem ganzen Gewicht auf Gerald lag und ihm die Nase leckte.

Was passiert war, konnte ich nicht erfahren. Aber was danach passierte, ist folgendes:

Liza schien meine Anwesenheit nicht zu bemerken, wie sie sich auch nicht um Geralds keuchende Versuche kümmerte, sich zu befreien. Als sie mich sah, schaute sie mich lächelnd an, die Hände immer noch auf Geralds Brust, den sie fest in den Sessel gedrückt hielt wie eine Beute. Um die Sache ins Scherzhafte zu ziehen, sagte ich: »Du hast dich doch nicht plötzlich in Gerald verliebt?« Aber es lag ein bleiches Licht von Wahnsinn in ihrem Blick.

Und sie, an Gerald heruntergleitend: »Das ist ein Freund von dir, ich rieche, daß das ein Freund von dir ist, er hat einen guten Geruch. Aber die da ist nicht deine Freundin, die kennt dich kaum, doch sie möchte unbedingt auf der Stelle mit dir ins Bett, und vielleicht läßt sie sich sogar auf dem Teppich nehmen, denn wir haben alle getrunken, und morgen geht jeder seiner Wege.«

Gerald und ich lachten ostentativ, um Lizas Aggressivität zu überspielen. Joyce dagegen nahm die Sache krumm. Sie sagte: »Wenn jetzt einer hereinkäme und Sie in dieser Stellung sähe, würde er nicht mich für die Hure halten.«

Alles ging ganz schnell. Gerald wollte den gutmütigen Friedensstifter spielen, ich versuchte mich bei Joyce zu entschuldigen, Liza wütete gegen mich, gegen Joyce, gegen unser Spiel zu einem Cent pro Punkt. Und sie schloß: »Na ja, mehr sind Sie sowieso nicht wert.«

Joyce bekam einen hysterischen Lachanfall, sie kreischte und fing an, mit den Füßen zu strampeln und nach mir zu stoßen, lachend und weinend, bis sie genau das tat, was sie nie hätte tun dürfen, was aber in ihr schlummerte, seit sie mich zum erstenmal gesehen hatte. Sie warf sich mir an den Hals, von Schluchzen geschüttelt und kleine Schreie ausstoßend, aber keineswegs vor Schmerz. Und Liza Baldwin triumphierend: »Da bitte, gib's zu! Heul nur, du Hure, heul nur!«

Dann fing auch sie zu heulen an, gekränkt, und lief weg, während Gerald versuchte, sie zurückzuhalten .

Die beiden sind seit einer Stunde fort. Joyce hat noch mehr getrunken, dann das Gästezimmer in Beschlag genommen, sich ausgezogen, und jetzt macht sie mir von der Treppe aus Zeichen heraufzukommen.

Zehn

Chappaqua, Juli. Es sind vierzehn Tage vergangen, meinem Bein geht es besser, morgen werde ich die ersten Schritte machen können, vom Bett zum Fenster und zurück. Aber mit allem übrigen stimmt es nicht, nach der Schlafkur fühle ich mich ausgehöhlt und wackelig. Ich werde noch zehn Tage hierbleiben müssen. Das Krankenhaus ist angenehm und einfach. Liza Baldwin hat mich nur ein einziges Mal besucht, und das in Eile, wobei sie geflissentlich dem Hauptthema auswich, das zu klären uns nicht erspart bleiben wird. Sie erschien an einem ihrer ruhigen Tage, normal, gutgekleidet. Bei dem Unfall ist sie mit einer leichten Gehirnerschütterung davongekommen. Am nächsten Tag war sie schon wieder zu Hause. Sie hat mir die Post gebracht (Kampf hat sich immer noch nicht gerührt) und Bücher. Beim Gehen sagte sie mir, sie bereite eine Überraschung für mich vor: Ihr Lächeln hat die Drohung etwas gemildert.

Ich fühle, daß ich sie nicht mehr liebe. Und das wird jetzt die Gelegenheit sein, eine Bindung zu beenden, die mir glückliche Tage und bedrückende Monate beschert hat.

Was kann man im Fall einer Beinfraktur lesen? Ich habe Proust wieder zur Hand genommen, aber er ist entmutigend. Die Liebe, gesehen als zu bewachende Beute, mit all dem Drumherum an Eifersucht, Ängsten, Racheakten, Quälereien, Besitzansprüchen. Die Liebe als falsch getroffene Wahl. Ich nehme mir Casanova wieder vor, den letzten Teil, seinen Aufenthalt in Triest, ehe er nach Venedig zurückkehrt. Diese klare Offenlegung seines Amüsements, seines erotischen Lebens, gesehen als Teil eines im hellen Licht des Tages gespielten Spiels – und der Liebe als männliches Trauern über die Zeit, nicht über die vergangene, sondern über die vergehende.

Warum Kampf nicht antwortet? Ich lese Zeitschriften und Literaturbeilagen, immer in der geheimen Hoffnung, auf mein Interview zu stoßen. Proust hat sieben Jahre lang jeden Morgen den *Figaro* gekauft, in der Hoffnung, einen literarischen Aufsatz von sich darin zu finden.

Da dieses Tagebuch allmählich den Charakter eines Protokolls annimmt, trage ich die Punkte nach, die noch fehlen:

In jener Nacht nach dem verhängnisvollen Abendessen haben wir so gut wie nicht geschlafen. Nach seiner Rückkehr vom Spaziergang mit Liza (oder dem, was er Spaziergang nennt) hat sich Gerald auf dem Sofa ausgestreckt, um den ersten Zug abzuwarten, Liza legte sich aufs andere Sofa, ich in mein Zimmer, Joyce ins Gästezimmer. Ich ließ die Tür offen. Da uns im Morgengrauen dann doch noch alle der Schlaf übermannte, hat uns Liza um acht zum Frühstück geweckt. Sie war ruhig, äußerst aufmerksam, auch Joyce gegenüber. Sie hat ihr spontan einen Feldblumenstrauß überreicht, den Joyce einen Augenblick lang betrachtete, als wäre eine Bombe darin versteckt.

Gerald und ich waren für einen Moment allein, im Badezimmer. Über das Vorgefallene hinweggehend (wir werden noch Zeit finden, darüber zu reden), fragte ich ihn, ob er es für angezeigt halte, Liza Baldwin in eine Klinik zu bringen. Er antwortete mir, plötzlich seine gute Laune wiederfindend: »In eine Klinik, warum? Du darfst nicht vergessen, wie gut sie kocht.« Doch als er sah, daß ich seinen Scherzen nichts abgewinnen konnte, nahm er sich zusammen: »Es ist klar«, sagte er, »daß wir in ihre Kindheit zurückgehen müssen, man wird sehen. Offensichtlich sucht sie bei dir das, was sie nie gehabt hat und wovon alle freien Menschen träumen, nämlich ein

Gefängnis. Ein warmes, sicheres Gefängnis, das sie beschützt vor …« »Vor den dionysischen Kulten«, schlug ich vor. »Genau!« Und verallgemeinernd meinte er: »Schau dir die jungen Leute von heute an. Die, die frei sind, wollen die Diktatur, von der sie sich die Gleichheit erhoffen. Nur die, die eine Diktatur haben, verlangen nach Freiheit.«

Er hätte sich noch länger über die Politik und die jungen Leute ausgelassen, aber es war Zeit, zum Bahnhof zu fahren. In dem Augenblick, in dem wir ins Kabrio stiegen, kam Liza: »Ich begleite euch. Darf ich, Gerald?« Sie wandte sich nicht mehr an mich, ja sie ignorierte meine Gegenwart völlig. Sie stieg ein und legte ihren Kopf auf die Lehne von Geralds Sitz, in der stummen, hündischen Betrachtung ihres neuen Herrn.

Und so erreichten wir den Bahnhof. Während ich ausstieg, um die Gäste zu verabschieden, setzte sich Liza ans Steuer. Gerald hatte mir ein Rezept für sie gegeben (Tabletten), und als ich wieder ins Auto stieg, bat ich sie, bei der Apotheke vorbeizufahren. Statt dessen ist sie mit großer Geschwindigkeit in die Straße eingebogen, die parallel zu den Bahngleisen verläuft. Ich konnte nichts tun, um sie aufzuhalten; ich klammerte mich an den Sitz und an die Tür, sie überholte alle anderen Autos, mit haarscharfem Abbremsen und blitzartigem Gasgeben. Ich sah die Landschaft rechts und links der Straße nur noch vorbeifliegen. Nach ein paar Minuten haben wir den Zug eingeholt, der bereits seine volle Geschwindigkeit erreicht hatte, und alles fing wieder an wie damals, mit Winken und Ge-hupe. An den Wagenfenstern sah ich die Gesichter der Reisen-den, die beinahe genauso entsetzt waren wie ich. Und schließ-lich kam es zu dem Unfall, so schnell, daß ich kaum etwas da-von bemerkt habe. Ich fühlte ein paar heftige Stöße, dann war das Auto weg von der Straße, auf einer Wiese, und kam, sich fast aufbäumend, an einem Heckenzaun zum Stehen. Der Zug war schon weit weg. Und Liza Baldwin lag im Gras, wie tot.

Auch Gerald hat mich in der Klinik besucht. So unwahrscheinlich es klingen mag, aber er hatte erst einige Tage später von dem Unfall erfahren. Er zeigte keine Spur von Verlegenheit. Ich bat ihn, mir offen zu erzählen, was an jenem Abend zwischen ihm und Liza vorgefallen sei. Hier sein Bericht:

»Als wir auf der Veranda waren, machte ich ihr zunächst Komplimente über ihre Kochkünste. Ich sagte, darin zeigten sich Intelligenz, Geschmack, Liebe zum Leben, Toleranz, alles. Dann bin ich, in aller Behutsamkeit, an die Untersuchung des Falls gegangen. Ich erzählte ihr, ich befaßte mich mit Soziologie und sammelte Material für eine Studie über die Situation der Pendler im Staat New York und in Connecticut. Und ich würde mich gern ausführlich mit ihr darüber unterhalten. Denn wie sie ja selbst wisse, liege die Last der ›Pendlerei‹ mehr auf den Frauen als auf den Männern: Die Einsamkeit, das leere Haus, das Warten auf die Rückkehr des Mannes, die immer gleiche Umgebung, die Attraktionen des Supermarkts führten schon bei einer Frau mit Kindern leicht zu einer Neurose, und noch leichter bei einer Frau ohne Kinder. Man kenne Fälle von Alkoholismus, von Selbstmord, von Absinken in die Kryptoprostitution und so weiter. Liza hat mich freundlich angesehen und gesagt: ›Sie sind Nervenarzt und Psychoanalytiker. Das weiß ich aus dem Brief, den ich in Ihrer Tasche gefunden habe.‹ Ich versuchte zu retten, was zu retten war. Als Soziologe würde ich mich auch für alle verwandten Wissenschaften interessieren. Und sie: ›Halten Sie mich für einen interessanten Fall? Ich bin eine Frau von banaler Normalität. Wollen Sie, daß ich zweimal die Woche zu Ihnen komme, um Ihnen meine Träume zu erzählen? Bis Sie mir eines Tages den Vorschlag machen, rein wissenschaftlich natürlich, die Ausdehnung meiner erogenen Zonen zu untersuchen?‹ Ich habe versucht zu protestieren, sie lächelte. Dann, plötzlich, hat sie mit leiser, verschwörerischer Stimme, jedoch in einer Art kindlicher Unschuld gesagt: ›Lassen Sie uns als erstes die Karten auf den Tisch legen. Mögen Sie mich?‹ Sie fixierte mich wie in Erwartung eines Urteils, nicht mehr ruhig, vielmehr zitterte sie ein wenig und war blaß geworden. Ich habe lachend geantwortet: ›Aber gewiß doch.‹ Daraufhin hat sie sich mit einem Freudensprung auf mich gestürzt – und so hast du uns überrascht.«

»Und danach?«

Er tat so, als erinnere er sich nicht mehr. »Ach ja, wir sind spazierengegangen, der Mond schien, sie hat mir von sich erzählt, von Paris und so weiter.«

»Drei Stunden lang«, sagte ich. Er antwortete mir, er habe sie beruhigen, sich in sie einfühlen müssen. Und im übrigen hätte ja wohl auch ich meine Zeit nicht vergeudet. Wir wechselten das Thema. Als er ging, sagte er noch, Liza Baldwin brauche seiner Meinung nach keine Behandlung. Sie sei lediglich eine verliebte Frau, und außerdem verfüge sie über einen gesunden Menschenverstand.

Während er redete, war ich fasziniert von Gerald O'Malley, und diesem Umstand ist es zu verdanken, daß ich meinen Groll verrauchen ließ. Ich hatte Gerald noch nie so lange beobachtet: Er hat etwa mein Alter, rötliches Haar, ein großes und ausdrucksvolles Gesicht; wenn er lacht, bilden die Wangen zwei dicke, vertrauenerweckende Säcke und sein Blick wird sanft. Vielleicht ist das mein Fehler gewesen: nicht in Rechnung gezogen zu haben, daß er in einem den Wunsch weckt, ihn zu streicheln oder ihm den Kopf zu kraulen, denn nicht zuletzt erinnert er an diese riesigen Stoffpuppen, die die Kinder zu Wächtern ihres Schlafes erwählen.

Ich habe Florence Baker angerufen, dreimal, ohne Erfolg; und heute hat Liza unten an der Pforte eine Postkarte von ihr abgegeben, aus London, mit freundlichen Grüßen, und auch vom Gatten unterzeichnet. *(Florence ab.)*

Von Zeit zu Zeit packt mich wieder, in allen Einzelheiten und durchaus zu fürchten, das Verlangen nach Liza. Um ehrlich zu sein, es hat mich nie verlassen, aber zuweilen wird es ausschließlicher, quälender, drängt jeden anderen Gedanken in den Hintergrund. Ich werde dagegen ankämpfen müssen. Oder vielleicht werde ich auch nachgeben müssen. Sieg oder Niederlage sind Worte ohne Bedeutung, in diesem Punkt.

August. Die Überraschung, die Liza Baldwin angekündigt hatte, hat sich in eine Vielzahl von Überraschungen aufgesplittert. Die wesentlichste ist die, daß sie sich selbst ganz verändert hat. Ihre Art zu lächeln ist weniger ängstlich, freilich auch weniger faszinierend. Jetzt ist sie eine Frau, die sich ihrer selbst, ihrer Gesellschaftsklasse und ihrer Erziehung bewußt ist. Vor allem aber ist sie ruhig. Sie hat mich heute morgen von der Klinik abgeholt, in ihrem neuen Wagen, einem grünen Mustang. Auf dem Rücksitz die zweite Überraschung, ein junger Freund von ihr, ein gewisser Donald, von dem sie mir einmal mit kaum verhohlener Geringschätzung erzählt hatte: ein unverschämt reicher und anmaßender junger Mann, aber von jener Anmaßung, die in der Unerreichbarkeit seiner Gesellschaftsschicht gründet und sich, wenn überhaupt, in zerstreuter Höflichkeit gegenüber Außenstehenden äußert, während der burschikose und echte Ton den Freunden vorbehalten bleibt. Die ›anderen‹ werden gerade durch dieses unverbindliche, automatische Lächeln ausgeschlossen. Er lümmelte sich auf dem Rücksitz und vermied jede Unterhaltung.

Ich fragte Liza, ob sie sich in diesem Monat sehr gelangweilt habe. Nein, sie sei oft bei Nina gewesen, wieder eine mir unbekannte Freundin, und am Samstag bei den Perrys, in Rowayton, zu einem Maskenball mit einer Band aus Ghana. Und sie, die eigentlich gar nicht gern tanze, habe bis zum Morgengrauen getanzt. Und sonst? In New York zum Einkaufen, aber die meiste Zeit habe sie dem Haus gewidmet, um Ordnung zu schaffen. »Weißt du, daß wir Flöhe hatten?«

»Nun, das erklärt, warum ich dich nicht oft zu Gesicht bekommen habe.«

Die dritte Überraschung ist ebendieses Haus, das sie nicht nur in Ordnung gebracht, sondern auch nach gänzlich neuen Kriterien eingerichtet hat. Den Wohnraum bestimmt ein Kompromiß zwischen dem ausgewählten Rest der alten Möbel, jetzt freigeräumt und wie Antiquitäten aufgestellt, und anderem, modernem Mobiliar: schwarzes Kunstleder, Milchglas, glänzende Oberflächen, grelle Farben. Das Bild des Großvaters dient nun als Tür für einen Schrank, der das Geschirr und die Gläser birgt. Die Küche hat ihren gemütlichen und zusammengewürfelten Charakter von früher verloren; jetzt ist sie eine von den Küchen, wie man sie in den modernen Zeitschriften sehen kann: praktisch, rustikal, mit einem Touch von Provence. Liza hat mir einen kupfernen Bettwärmer gezeigt, von ihr zum Blumentopf umfunktioniert: dreißig Dollar. Das schlimmste ist, daß sie meinen Arbeitstisch weggeräumt hat, die Bücher, alles – um es im Keller unterzubringen, in einem totalen Durcheinander. Als ich, zutiefst beunruhigt, in den Raum hinunterstieg, spielten ein Mädchen und ein Mann um die vierzig (weitere Gäste) dort gerade Tischtennis. Die beiden würdigten mich keines Blickes.

Sie hat das Haus den Freunden geöffnet: Eine gewisse Claire, im Nachthemd, erhob sich gerade zum Frühstück, ein anderer, dessen Namen ich nicht verstanden habe, entstieg im Taucheranzug dem Weiher. Sie werden alle übers Wochenende bleiben.

Ich verstehe Liza Baldwins Veränderung nicht, und ich kann sie mir auch nicht aus dem Trauma des Unfalls erklären, desselben Unfalls, der mich jetzt dazu zwingt, mich beim Gehen auf einen Stock zu stützen. Der Fuß muß sich erst wieder daran gewöhnen.

Unter der Post der letzten Tage, auf meinem Arbeitstisch, fand sich eine Sendung des Verlegers. Mit klopfendem Herzen habe ich sie geöffnet, in der Hoffnung, es wären die ersten Korrekturfahnen; statt dessen war es das Manuskript: Es wird mir mit einem sehr freundlichen Brief zurückgeschickt, da Kampf in den Erzählungen leider nicht jene Einheit gefunden habe, die es ihm erlauben würde, das Buch als einen ›Roman in Erzählungen‹ zu lancieren. Ich habe den Schlag fast mit Genugtuung eingesteckt: Die Ablehnung war wie ein Fausthieb für meinen Stolz, und den ganzen Vormittag gab ich mich der Überzeugung hin, darüber erhaben zu sein, der Schlappe etwas entgegensetzen, das Buch kühn anderen anbieten, ja gerade wegen der Ablehnung Kampfs an die Qualität dessen glauben zu können, was ich geschrieben habe. Gegen Abend war ich vom Gegenteil überzeugt. Diese Arbeit so vieler Monate ist dürftig und wohl dazu verurteilt, in der Schublade der Story Gesellschaft zu leisten, aus der nie ein Film werden wird. Ich werde ein paar Tage brauchen, um mir die Wunden zu lecken.

Liza Baldwin verzog keine Miene, als sie hörte, daß meine Arbeit kein Gefallen gefunden habe. Auch ihr hat sie nicht gefallen. Sie gab mir den Rat, mich auszuruhen; in meiner Verfassung sei ich nicht imstande zu beurteilen, ob ich mich geirrt hätte oder nicht. Aber in ihrem Blick lag eine langersehnte Befriedigung: nämlich mich endlich auf dem Terrain geschlagen zu sehen, auf dem ich mich für unschlagbar hielt.

Sie ist elegant, distanziert, lacht oft, jedenfalls höre ich sie mit ihren Freunden lachen. Ich muß zugeben, daß sie sich eigentlich gar nicht verändert hat, sie ist nur wieder die geworden, die sie war, ehe ich sie kennenlernte: das reiche Mädchen, aus gutem Hause, sicherlich von guter Erziehung, ihren Lebensgewohnheiten, ihrem unnachahmlichen Stil, ihrer ererbten Nonchalance nach zu urteilen. Sie ist immer der Mode, der Gesellschaft gefolgt. Sie ist gereist, hat Leute kennengelernt, Liebhaber gehabt. Europa – das bedeutet für sie Ferien, sie hat überall Freunde. Bei mir hat sie, in einem Augenblick der Müdigkeit, einen ruhigen Hafen gefunden, eine Art warmer, familiärer Trattoria, einen Ersatz für Vater und Lehrer. Die Ruhe.

Und die erfüllte physische Liebe, die langen therapeutischen Umarmungen, die einen gut schlafen und Hunger kriegen lassen, die warme und trockene Haut zum Beschnuppern, den Mann, der dient und sich bedienen läßt: den Gatten. Jetzt hat sie seine Schwächen, seine Unfähigkeit erkannt – und entfernt sich.

Zum Ausgleich dafür sind ihre jungen Gäste schön, sie kommen von den Familienuniversitäten, aus ihren Clubs, sie sind intelligent kraft Vermögens (denn sie kennen den genauen Wert des Lebens), geschmeidig dank einer Existenz mit Bädern, frischer Luft, teurem Sport, unvergleichlichen Ferien. Man kann gar nicht umhin, sie zu bewundern, als genetisches Resultat. Sie haben mir nichts zu sagen, aber ich empfinde ihnen gegenüber nicht einmal Verachtung oder gar Klassenhaß, den ich ohnehin für unsinnig halte. In einem strukturellen Sinn sind sie das Produkt einer raffinierten, von unserer Ethik befreiten Zivilisation. Keiner von ihnen will schreiben oder malen: Sie haben jemanden, der das für sie erledigt. Doch wenn sie es wollten, würden ihre Bücher sofort zum Welterfolg und ihre Bilder ebenso. Aber sie wollen nicht: Sie betrachten die Intelligenz als eine inferiore Eigenschaft, solange sie nicht gezielt für die Macht und das Leben eingesetzt wird.

Ich habe Liza gefragt, ob sie Gerald O'Malley nach dem Unfalltag wiedergesehen habe. Sie war überrascht. »Warum hätte ich ihn wiedersehen sollen? Er ist so peinlich mit seiner lächerlichen Geliebten von Sekretärin, wie auf den Karikaturen.«

Doch ich weiß, daß sie sich ihm in jener Nacht hingegeben hat, nur um mich zu verletzen. Seit meiner Rückkehr sind wir nicht mehr beisammengewesen.

Jetzt haben wir schon Dienstag, und die Freunde sind immer noch nicht fort. Zum Abendessen gehen sie aus, und sie scheinen erleichtert, als ich Arbeit vorschütze und es ihnen so erspare, mich zum Mitkommen aufzufordern.

Heute habe ich aus Langweile am Ufer des Weihers Steine übers Wasser hüpfen lassen. Plötzlich bin ich zu Tode erschrokken und wäre beinahe weggelaufen. Die Wasseroberfläche kräuselte sich, und etwas Schwarzes tauchte auf: Es war John in seinem Taucheranzug, der mit einem kurzen Pfiff an mir vorbeiging und sich dem Haus zuwandte.

Ich verstehe nicht, warum Liza Baldwin sich nicht entschließt, offen mit mir zu reden und mir den Laufpaß zu geben. Wir haben nur über Geld gesprochen. Die Klinikkosten haben mir einen entscheidenden Schlag versetzt, ich mußte Geld aus Italien anfordern. Liza sagte, ich solle mir keine Sorgen machen, ihre monatlichen Einkünfte hätten sich auf ihrem Bankkonto angehäuft. Sie hat mir ein Darlehen angeboten.

Ich saß allein im Wohnzimmer, auf einem der neuen Kunstledersofas. Liza kam herein, beladen mit einer Menge Schachteln. Aus einer holte sie eine große rote Lockenperücke. Sie ging zu einem Spiegel, dann stolzierte sie ein paarmal vor mir auf und ab, um sich bewundern zu lassen. Sie lächelte. Als ich sie so gutgelaunt, so freundschaftlich sah, ergriff ich ihre Hand und zog sie neben mich aufs Sofa. Die Perücke verrutschte ein wenig. Für einen kurzen Moment glaubte ich zu erkennen, daß Liza immer noch mir gehörte und es sich auch nicht anders wünschte. »Setz dich ein bißchen zu mir«, sagte ich, »geht das?« Und sie: »Ja.« Aber schon nach kurzer Zeit fing sie an, um sich zu blicken, voll Unbehagen, als ob sie Wichtigeres zu tun hätte und ich ihr die Zeit stehlen würde. Sie war verlegen.

Ich sagte zu ihr: »Wir reden fast nie miteinander. Seit Tagen möchte ich dir sagen …«

»Was?«

»Kannst du dir das nicht denken?«

»Jetzt?« Und sie sah mich überrascht an. Dann fügte sie hinzu: »Aber es ist Tag.«

Geschickt, sehr geschickt, dachte ich. Und ich wollte sehen, wie weit sie ihr Spiel treibe, das befreiende Lachen hören, in dem sich der Scherz offenbart. Ich schaute sie ernst an, schnupperte an ihrem Hals und leckte ihr dann heftig die Nase. Anstatt zu lachen, sprang sie auf und wischte sich angewidert das Gesicht ab. Sie ging mit ihrer schiefsitzenden Perücke hinaus und lief ins Badezimmer hinauf, um sich zu waschen. Wenn sie sich auch nur an das Geringste erinnern würde, wäre ihre Reaktion anders gewesen, denke ich.

Die wahre Liza Baldwin ist auf einem Acht-Millimeter-Film konserviert. In der ersten Zeit, in der wir hier waren, hatte ich Spaß daran, Aufnahmen von ihr zu machen. Es sind kurze Sequenzen: Zum Beispiel Liza auf der Veranda, in den komischen Posen einer *femme fatale* des Stummfilms. Oder wie sie ernst und sehnsuchtsvoll am Zaun lehnt, der das Haus umgibt, und dann an ihm entlangläuft, den Blick zu mir gerichtet. Und hier springt ihr Melampo nach, während sie auf dem Fahrrad sitzt, demselben Fahrrad, das jetzt unbrauchbar am Ufer des Weihers liegt; Liza rollt auf mich zu, die Beine weit von sich gestreckt, ohne zu treten, und landet in einem Busch. Immer noch mit Melampo, am Weiher, sie wirft ein Stück Holz für ihn. Splitternackt sitzt sie an meinem Arbeitstisch, meine Brille auf der Nase, und macht mich nach, wie ich noch einmal durchlese, was ich eben getippt habe, und dann das Blatt aus der Maschine ziehe. Sie lacht lauthals, als sie zu mir herschaut. Und da ist sie auf dem Sofa, ein süßes, ernstes Bild. Der Vorhang am Fenster bewegt sich. Sie starrt in das Objektiv, mit einer resignierten Angst, der Angst einer Frau, die alles akzeptiert hat, einfach aus Liebe. Es kann geschehen, daß …

Es kann geschehen, daß die Erinnerung eines andren Menschen,
vor allem eines geliebten (aber das muß nicht sein),

zur euren wird und ihr sie, ohne einen Beweis dafür zu haben,
bewahrt, wie ein präzises Bild,
geduldig zusammengesetzt mit andern, eignen Bildern,
um zu einem Punkt von Zärtlichkeit zu finden,
zu jenem, der vielleicht der rechte gewesen wäre, ihm zu begegnen.
Und daß diese Erinnerung,
wann immer sie auch in euch aufsteigt,
sich überraschend als die allergrößte zeigt,
als etwas, das man ganz genau im Kopf behalten muß,
um ihn wiederzufinden im reinen, präzisen Augenblick seines gesamten Seins.
Ich erkläre das an einem Beispiel:
Da war das kleine Mädchen Liza Baldwin,
um die fünf Jahre alt,
und ein schon großer, zwanzigjähriger Cousin, charmant und leichtfertig,
fragte sie, scherzhaft-sinnlich mit dem Finger an ihr Höschen stupfend:
»Und da, was ist denn da?«
Und die kleine Liza Baldwin wurde traurig,
denn sie fühlte, daß die dunkle Spirale ihres Seins
dort war, wo der Finger sie berührte,
und daß sie es herzeigen konnte,
wie die Kinder, wenn sie die Faust öffnen, um einen Schmetterling zu zeigen,
und sie wußte keine andere Antwort als: »Das Schlitzlein.«

Elf

Als ich gestern abend, zu Lizas Party, im Wohnzimmer auftauchte, waren alle da: etwa zwanzig Gäste, einige bereits nackt, andere notdürftig bedeckt mit Federn, Seidentüchern oder drastisch-grellen Schminkereien. Für einen Augenblick, ich kam gerade die Treppe herunter, richteten sich sämtliche Blikke auf mich. Ich bin nicht lang geblieben. Ich war der einzige »Alte« – und angezogen. Zu Fuß bis nach Chappaqua, aber die Bar machte gerade zu.

Die Party hat bis in die Morgenstunden gedauert. Ich traf Liza unter der Dusche, wo sie sich die aufgemalten Tätowierungen abwusch. Die Gäste, die gerade im Gehen waren, hatten mich angesehen, wie man den diskreten Gärtner ansieht. Vielleicht hatte der eine oder andere überlegt, ob er mir ein Trinkgeld geben sollte.

Sie ist ins Schlafzimmer gekommen, während sie sich den Hals mit einer Creme massierte. Im Bett legte sie sich eine Maske auf die Augen, in der Meinung, ich würde noch weiterlesen. Ich löschte das Licht und rückte zu ihr hin. »Willst du?« hat sie mich gefragt, zum erstenmal seit meiner Rückkehr. Ich nickte. Und sie: »Ich bin zwar etwas müde, aber ich kann dich verstehen.«

»Was ist los mit dir, Liza Baldwin«, habe ich sie gefragt, »du bist nicht glücklich?«

Liza: »Was bedeutet das schon?«

Ich drückte sie an mich, in dem Versuch, sie aufzutauen, doch ich fühlte ihren kalten, angewiderten Blick unter der Maske. Vorsichtig nahm sie meinen Arm von ihrer Brust.

Im allgemeinen schweigt sie, doch wenn sie redet, gefällt sie sich darin, sich in konventionellem Geplauder zu ergehen.

Sie hat alle ihre Bilder wieder hervorgekramt, hat sie rahmen lassen, nimmt sie ernst. Nina besitzt eine Kunstgalerie, und allem Anschein nach bereitet Liza mit ihr für diesen Herbst eine Ausstellung vor, die sie viel Geld kosten wird. Mich hat sie nicht um Rat gefragt, sie fürchtet, daß ich ihr sage, was ich denke: nämlich daß ihre ›degradierten‹ Mondrians nicht über das Hobby-Niveau hinausreichen. Und sie fabriziert unentwegt neue; dazu steht sie morgens sehr zeitig auf und kopiert sich selbst, verbissen, wie ein Mädchen von früher, das an seiner Aussteuer stickt.

Jetzt kapriziert sie sich auf die *Composition in Gelb und Blau* von 1929, auf die *Variante III* von 1941, auf das *Bild Nr. 2* (1921–25) und auf die *Composition 1921*: mit Resultaten von einer gewissen dekorativen Gefälligkeit. Ich habe mich nach dem Grund ihrer Wahl gefragt. Vielleicht bietet Mondrian ihr die Leichtigkeit der Imitation und verschafft ihr durch seine chromatische Einfachheit zugleich ein echtes körperliches Vergnügen, etwas Befreiendes. Aber das erklärt noch nicht, warum Liza Baldwin sich darauf versteift, die Werke des Holländers zu korrumpieren, bis sie wie die Versuche eines naiven Malers wirken, der, ohne Mondrian zu kennen, mühsam und unbeholfen dessen Schlußfolgerungen nahekommt, jedoch keine Begründung dafür geben kann. Ich meine dieses verbissene Wüten gegen die Vernunft und die goldenen Regeln Mondrians, mit denen dieser zum Kernpunkt eines metaphysischen Diskurses vorstößt, ohne sentimentale Bezüge oder Kontaminationen. Mondrian hält sich an die Vernunft, eben um seinen Glauben auszudrücken. Als ich vor Jahren eine Ausstellung von ihm sah, erschien mir seine Tendenz zum Absoluten gerade in den Sälen offensichtlich und bewegend, die nach und nach immer essentiellere und verfeinertere Theoreme zeigten, bis hin zum letzten Saal, in dem auch die Farben ausgeschlossen blieben, um dem reinen Spiel der Nicht-Farben

Platz zu machen, in den Geometrien von Weiß und Schwarz. Genauso wie man, freilich auf der Grundlage eines anderen Glaubens, auf den letzten Seiten von *Gordon Pym* in den weißen Alptraum gerät, der das schändliche Nichts ankündigt. Es ist möglich, daß Liza Baldwin erneut den Instinkt gegen die Vernunft setzen will, und dann kann ihre Entscheidung für Mondrian nur Ironie sein. Indem sie die Geometrien auf diese Weise hinschmiert, die drei Grundfarben geradezu mit Wut auf die Leinwand wirft, will sie vielleicht den Diskurs wieder auf die Notwendigkeit reduzieren, zurückzugehen, nicht zu verstehen, sich der Lust kindlichen und unbegründeten Handelns zu überlassen. Und wenn ich mich daran erinnere, daß sie mit dem Malen aufgehört hat, kaum daß sie zum Hund geworden war, als ob die vollzogene Metamorphose sie vom Drang zu anderen Demonstrationen befreie, denke ich, daß diese Vermutung richtig sein könnte. Doch es bliebe zu fragen, warum sie gerade jetzt, wo sie in die menschlichen Ränge zurückgekehrt ist und sich wieder der Vernunft bedient, von neuem damit angefangen hat. Man kann vermuten, daß sie damit rechnet, Profit daraus zu ziehen, nun, wo sie den Trick kennt. Doch sie hat den Sinn ihres philosophischen Spiels vergessen: wenn sie ihn überhaupt je gekannt hat.

Nach dem Aufbruch der Freunde, jeden Morgen gegen zehn, kommen zwei benachbarte Freundinnen ins Haus, die Besitzerinnen der Katze, und lassen sich zum Kaffeeklatsch nieder, um die letzten Neuigkeiten zu berichten.

Liza Baldwin hört ihnen zu – und malt.

Sie brachte gerade das Wohnzimmer in Ordnung, als sie mir erzählte: »Am Tag nach dem Unfall haben sie mich hierhergebracht. Ich habe geglaubt, ich wäre im falschen Haus, ich habe es nicht wiedererkannt. Ich habe geheult. Schließlich haben meine Fotografien und das Bild des Großvaters mich davon überzeugt, daß es wirklich unser Haus war. Es war schrecklich.«

Sie kauft eine Unmenge Sachen, Zeug für das Bad und die Küche, immer kommt sie mit Päckchen beladen heim, und jedesmal, wenn sie eines auspackt, fragt sie mich: »Gefällt es dir?«

Nachmittags schreibt sie Briefe an Freunde, sie knüpft wieder die Fäden zu ihrer Gesellschaft. Sie befreit sich von vielen Dingen, weg, weg, schnürt große Pakete und legt sie vors Gartentor. Zum Abendessen zündet sie Kerzen an, aber sie macht eine Diät. Zweimal wöchentlich fährt sie nach New York, *shopping*. Und zweimal ist sie über Nacht geblieben. Bei der Mutter.

Auch ich bin nach New York gefahren, um mich an Geralds unerschütterlichem und ironischem Busen auszuweinen. Die ganze Zeit habe nur ich geredet, er hörte mir zu, ausgestreckt auf seiner professionellen Couch.

Ich habe unsere ganze Geschichte noch einmal von Anfang an erzählt, gleichsam um sie mir selbst zu erklären. Und jetzt, gegenüber dieser neuen Liza Baldwin, fühle ich mich besiegt, denn sie bringt das Gebäude von Hypothesen, das ich mir über mich selbst, über meine Unersetzlichkeit errichtet hatte, zum Einsturz.

»Sie hat sich wohl ein wenig von dir entfernt?« fragte er mich.

»Aber wovon rede ich denn die ganze Zeit!« Etwas ruhiger, versuchte ich ihm zu erklären: »Jetzt ist sie nur noch mit ihren Freunden zusammen, jeden Tag eine neue Idee, mal das, mal jenes, und diese idiotischen Nackt-Parties, mit Leuten, die man überhaupt nicht kennt, und zum Schluß alle betrunken oder high, wie auf Karikaturen von Orgien. Erst Hund, jetzt Herrin, und zwar mit allen Lastern einer Herrin: Intoleranz, Prestigedenken, Rechte von Gottes Gnaden, jede Menge freier Zeit, mentale Deformationen, Urteile über alles und jedes. Und dann die Sachen, die Bewunderung für die Sachen, ihre Welt besteht aus Objekten, Neuheiten und Okkasionen. Und im übrigen muß sie jemanden haben. Sie leugnet es zwar, aber inzwischen lügt sie auch.«

Gerald seufzte, vielleicht aus Langeweile: »Na schön, nimm's dir nicht zu sehr zu Herzen. Du könntest dich deiner Arbeit widmen, ans Schreiben denken, das ist eine unfehlbare Therapie.«

Schreiben? Aber wenn ich doch nichts kapiere, wenn es mir in einem Jahr nicht gelungen ist, eine Story auf die Beine zu bringen, wenn mein Übel gerade darin besteht, daß meine Phantasie vollkommen ausgetrocknet ist und bei der bloßen Berührung zerfällt wie ein vom Staub zerfressener Schleier! Wenn ich seit Monaten und Monaten niemanden mehr gesehen, jeden Kontakt verloren habe, wenn mir die Zeit wie aus offenen Venen davonrinnt, wenn ich dabei bin, mich in eine tropische Pflanze zu verwandeln, eine von denen, die Fliegen fressen und nachts schnarchen! Wenn es mir nicht einmal mehr gelingt zu lesen und ich im *Roget's Thesaurus* lediglich noch die Synonyme und Jargonausdrücke für *dog* nachgeschlagen habe. Hier sind sie: *canine, cur, shelp, puppy, pup, tyke, bitch, slut, pooch, mutt!*

Gerald bot mir etwas zu trinken an. Er suchte nach einer Diagnose. Schließlich: »Ich würde sagen, in ihrem Wahnsinn liegt Methode. Für mich ist Liza eine Schauspielerin. Du hast mir erzählt, daß sie damals bei diesem Psychodrama alles erfunden hat. Pseudologie aus Exhibitionismus. Eine Schauspielerin mit einem einzigen Zuschauer. Dir. Und du fällst immer wieder darauf herein.«

»Nein, nein«, protestierte ich, »diesmal ist es tatsächlich sie selbst, genau so, wie ich sie kennengelernt habe, sie spielt nicht mehr Theater.«

»Und wenn sie sich nur so stellen würde, als ob sie sich nicht verstellte? Laß dir sagen: Wenn die Mystifikation der Wahrheit vollkommen ist, wird sie selbst zur Wahrheit.«

»Bitte, keinen Pirandello! Wir sind hier nicht im Theater«, sagte ich.

»Nicht? Gerade du lieferst ja den Beweis, daß wir immer im Theater sind: Und du spielst äußerst schlecht. Du hast das

Stück nicht begriffen. Die Angst, der Horror vor der großen Mutation, alles um uns herum wandelt sich, und Liza Baldwin hat es mit einem gewissen Vorsprung gefühlt. Wie die Hunde das Erdbeben vorausfühlen, sie wittern es und werden unruhig. Liza hat die Schwierigkeiten in den Beziehungen zu ihrer unmittelbaren Welt gespürt und die Notwendigkeit, diese Beziehungen einfacher, natürlicher, animalischer zu gestalten. Den Abstieg zum Hund hat Liza Baldwin bewußt akzeptiert, ja erfunden, als Flucht aus der Realität, einer Realität, die zu koordinieren der Intelligenz nicht mehr gelingt und die der Instinkt vielleicht gerade noch bewohnbar machen kann. Aber du begreifst das Stück nicht, du begreifst die Anstrengung Liza Baldwins nicht, sich mit dir zu retten. Du gibst dich besorgt, verweigerst dich ihrer Flucht, anstatt daß du ebenfalls anfängst zu bellen. Und du rufst mich. Und da bestraft dich Liza Baldwin, indem sie das Spiel bis zu Ende spielt.«

»Und am Ende des ganzen Spiels steht das dumme Mädchen? Die Organisatorin von Parties, die Raumausstatterin, die Herrin, die Gesellschaftshyäne?«

»Das ist die Alternative. Du mußt dich entscheiden.«

»Ich habe mich schon entschieden, ich verlasse sie.«

Gerald schwieg. Es ist die richtige Lösung. Ich fühle mich wie ein Fremder in diesem Haus, ein Fremder, der in eine Reihe von Ritualen einbezogen wird, die ihn nicht interessieren. Das einzige, was mich interessiert, ist Schreiben. Ich habe meine Erzählungen wiedergelesen, ohne Selbstgefälligkeit, und ich finde sie gut, mit das Beste, was ich geschrieben habe. Es macht nichts, wenn sie nicht veröffentlicht werden: Ich habe sie geschrieben. Und ich werde noch andere schreiben. Liza hat genügend Geld, um wie ihre Mutter von der Rendite zu leben, und sie wird mit ihrer Malerei noch welches dazu verdienen; sie wird in ihrer Welt enden, einer Welt von Leuten, die sich in den Randzonen des modischen Erfolgs tummeln; sie wird einen Mann finden, der nicht zu ihr paßt, denn sie braucht den falschen Mann. Und ich denke, sie hat schon mehr als einen davon.

Ehe ich mich verabschiedete: »Und wenn ich heute abend nicht nach Hause ginge? Ich könnte sie anrufen, und du könntest morgen zu ihr fahren, mit ihr reden und meine Sachen holen. Du würdest mir eine peinliche Szene ersparen, einen Moment voll Bitterkeit.«

Er schüttelte den Kopf. »Nein, Liza wäre nicht erfreut, mich zu sehen. Ich bin eine Figur, die schon nicht mehr in ihr Stück gehört. Sie hat mich gegen dich benutzen müssen, und das verzeiht sie mir nicht. Du mußt selbst schauen, wie du da herauskommst.«

Die Second Avenue entlang; der schwüle Augusttag schlug sich in unsichtbaren Wolken von frittierten Speisen nieder. Ein junger Mann kam mir entgegen, der in einer Partitur las und vor sich hin sang. Ich war unglücklich. New York ist die einzige Stadt, wo die Passanten über die Irrtümer in ihrem Stück nachzudenken scheinen.

In Nähe der 86th bittet mich ein Neger um eine Zigarette. Ich gebe ihm das ganze Päckchen. Kurz darauf sehe ich ihn vor einer Cafeteria stehen. Er schaut zu, wie die Hamburger gegrillt werden. Nur die Scham hat mich daran gehindert, noch einmal zu ihm hinzugehen. Was hätte er begriffen? Und was gab es schon zu begreifen?

Die Monster haben alles beschmutzt, die Voyeure die Schönheit getötet, die Touristen die Städte vernichtet, im Grunde bin ich unschuldig. Ich habe zwölfmal den Atlantik überquert, viermal öfter als Kolumbus, um zu diesem Resultat zu kommen.

Ich gehe zum Central Park hinüber, an meinem alten Hotel vorbei. Dann, im Park, bis zu dem Maschenzaun, der das große Reservoir umgibt. Ich erinnere mich an einen Märztag, an dem ich mit Liza Baldwin hier eine tote Möwe fand, vom eisigen Wind gegen den Zaun geschleudert. Damals haben wir uns entschlossen, die Stadt zu verlassen. Ich sehe wieder ihren Schmerz beim Anblick der Möwe, ihren hilfesuchenden Blick.

Und es war auch August, als ich hier in New York ankam, wegen meiner Story. Wieder verläßt mich ein Jahr. Ich habe gelebt, indem ich Fehler machte, die einzige Art zu leben, ohne abzustürzen. Leben ist eine Reihe von Fehlern, mit kurzen Unterbrechungen, von denen jeder den vorausgehenden hält und sich auf den nachfolgenden stützt. Ist es mit den Fehlern aus, ist alles aus. Jetzt werde ich den letzten begehen müssen: Liza verlassen, gerade in dem Moment, in dem ich mich mehr denn je von ihr gefesselt fühle.

Zwölf

»Wir gingen zum Strand, wo sich die Bewohner mit Vorliebe aufhalten. Dort fanden wir ein Clublokal, ein paar Umkleidekabinen, Tennisplätze – und sämtliche Frauen, Kinder und Hunde des Dorfes, die auf den Daddy warteten, der mit dem Zug um 17.25 von der Arbeit kommen sollte. Sonst gab es nichts, wenn man von der Kirche und dem Friedhof absieht. Die Kirche war im alten föderalen Stil, der Friedhof schien seit undenklichen Zeiten zu schlafen. Kein einziges frisches Grab, kein einziger Blumenstrauß. ›Mein Gott‹, fragte ich, ›stirbt denn niemand in dieser Gegend?‹ ›Nein‹, erwiderte der Junge, ›es bleibt niemand lange genug da.‹«

(Old Farmer's Almanac, n. CLXXIV, 1966, p. 17)

In dem Swimmingpool sitzt auf einem Wassersessel mit Motor (erhältlich bei Archicombye & Fichte) ein Mann meines Alters in Badehose und raucht eine Zigarre. Er versagt sich nichts, nicht einmal *time*. Er ist das wahre Abbild des mit Verstand und Liebe zu den Sachen erreichten Wohlstands: zufrieden. Ein guter Gatte für Liza Baldwin: Sie würde ihn in ihre gesellschaftlichen Rituale einbeziehen. Der Sessel mit seinem kleinen Motor zieht ruhige Kreise in dem großen Gemeinschafts-Swimmingpool.

Der Immobilienmakler zeigt uns, welche Häuser noch zum Verkauf stehen. Der Rasen ist sorgsam getrimmt und bewässert, er fällt in einer leichten Mulde zur Straße ab, die in die Wohnanlage und zu den Garagen führt. Und in der Mitte der große Swimmingpool.

Wunderschöne neue Einfamilienhäuser im Grünen. Stille. Friede. Kleine Kinder, nackt oder halbnackt. Söhne und

Töchter von Akademikern und in wenigen Jahren selbst Akademiker.

Der Immobilienmakler zählt uns die Vorzüge des neuen Wohngebiets auf: eine gute Adresse, adäquate Nachbarschaft, *privacy*, das Einkaufszentrum nur hundert Schritt entfernt, günstige Finanzierung. Er läßt uns in einem noch leeren Haus allein: Eingangshalle, Wohn- und Speisezimmer kombiniert, mit Kamin und Blick auf den Swimmingpool, zwei Schlafzimmer, eine Garderobe, zwei Bäder, ein kleines Studio und noch einmal ein Bad. Die geräumige Küche mit Frühstücksecke. Die Einbauschränke. Der Teppichboden ist bereits gelegt, die Küche eingerichtet, die Lampen aufgehängt: Es fehlen nur noch die Möbel.

»Vor allem wäre es eine gute Geldanlage«, sagt Liza Baldwin.

»Das, was der Ewigkeit am nächsten kommt«, antworte ich, aber sie versteht mich nicht. Ich sehe in ihren Augen den Blick der Witwe, sie schließt mich bereits vom Genuß dieses Hauses aus, das mir nicht gefällt. Die Häuser fangen an, mich zu langweilen. Nicht das alte Haus in Chappaqua, in dem man sich wie in einem bequemen, warmen Pantoffel fühlt. Mit zusammengekniffenen Augen betrachtet Liza Baldwin jetzt diese makellosen Wände und überlegt, wo sie ihre Bilder aufhängen soll. Sie geht zur großen Glastür, blickt auf den Swimmingpool hinaus.

Der gutsituierte Mann meines Alters kehrt gerade, eingehüllt in ein großes, orangefarbenes Badetuch, zu seinem Haus zurück.

Ich sage: »Die adäquaten Nachbarn, das Leben ein permanentes Lächeln. Was gefällt dir eigentlich nicht mehr an dem unsrigen?« Ich habe ›unsrigen‹ gesagt, obwohl ich weiß, daß ich sie morgen verlassen werde.

»Das haben wir bereits diskutiert. Zu isoliert, man hat das Gefühl, daß das richtige Zuhause woanders sei, daß man sich nur zum Wochenende da aufhalte, improvisiert.«

»Und genau das hat dir gefallen, diese Ungebundenheit.«

»Aber ich habe meine Ansichten geändert, man ändert sich eben.«

Liza trägt an diesem Morgen ein seidenes Strandkleid, das über und über mit dem Namenszug des italienischen Couturiers bedruckt ist, einen Strohhut, eine große Sonnenbrille, die ihr immer wieder auf die kurze, sinnliche Nase rutscht. Nie mehr ›Dame‹ als jetzt – widerlich. Von dieser ganzen großen Liebe …

Von dieser ganzen, großen Liebe, von einem Meer unvergleichlicher Lüste, von all diesem Seufzen und Stöhnen, um immer wieder zur gemeinsamen Befriedigung zu finden, sich vereint zu fühlen im darauffolgenden Schlaf und dann zu erwachen, bereit zu neuer Lust, doch unter immer unseligeren Hypothesen (je mehr wir uns unsrer Liebe zu vergewissern suchten, indem wir das Geheimnis unsrer Erinnerungen in sie verflochten); von all den Tagen, verbracht im ständigen Verlangen, uns zu sehen, miteinander zu reden, uns zu durchdringen und unsre naturgewollte Verbindung zu proklamieren – von all dem bleibt mir jetzt nur das Bild dieser Landschaft, die ihr ganz allein gehört und die wiederaufzusuchen sie mich voll Unruhe gebeten hat, heute, an diesem heißen Tag Ende August, auf den Hügeln von Westport:

eine isolierte Rippe, die sich wie eine Terrasse öffnet
in die exklusive Kindheit Liza Baldwins
und die sie betrachtet, überrascht, sie nicht wiederzuerkennen,
und dann doch erkennt, wenn auch gealtert und entrückt.
Das ist der Ort unserer Liebe,
jetzt, wo sie zu Ende geht,
das ist der einzige gültige Punkt,
die einzige Gewißheit,

daß unsere Begegnung einen tiefen Grund hat,
den ich noch nicht erkennen konnte,
der aber ferner rückt hinter den Hügel,
verschleiert vom Mittagsdunst,
Wälder, Wiesen und Häuser an seinen Hängen –
und wir weitab der Straße,
unschlüssig, ob wir noch einmal beginnen sollen,
in diesem Gras, das den zudringlichen Duft der Haut ausströmt,
den Duft der verborgenen Stellen –
und reglos grüßen wir das Paradies,
das wir verloren haben
und das sie mir jetzt anbietet als Beweis der Unschuld.

Es ist zu spät, um noch an den Strand zu gehen. Auf engen Straßen am Meer entlang, schweigend. Liza hält vor einem *Café de la Plage*, französische Küche, ein Korb mit Langusten, die schwache, unverstandene Signale aussenden. Der Kellner geleitet uns zu einem Ecktisch, vor dem langen Fenster, das aufs Meer geht. Als wir uns setzen wollen, macht Liza Anstalten, mir den besseren Platz zu überlassen. Ich lehne ab, sie insistiert. Mit zusammengebissenen Zähnen zische ich: »Liza, ich bin nicht der alte Onkel, der seine junge Nichte zum Essen ausführt. Du brauchst keine Rücksicht auf mein Alter zu nehmen.«

Da setzt sie sich hin. Wir wissen nicht, was wir uns sagen sollen, man bringt uns einen Aperitif. Um das Schweigen zu brechen, frage ich sie, was sie unmittelbar nach unserem Autounfall empfunden habe. Ich hätte sie für tot gehalten.

»Gar nichts«, antwortet sie. »Zu meiner großen Überraschung lag ich im Krankenhaus.«

»Ja, aber was hast du gedacht?«

»Ich habe gar nichts gedacht. Als ob ich damals erst angefangen hätte zu leben. Sehr merkwürdig. Und sehr aufregend, wenn ich darüber nachdenke.« Nach einer Pause fügt sie hinzu: »Und auch sehr richtig.«

Der Oberkellner kommt, in cremefarbenem Jackett, ein schöner, distinguierter Mann, dunkelhaarig, Typ Herzensbrecher zwischen den beiden Kriegen. Liza Baldwin studiert lange die Speisekarte, unentschlossen, der Oberkellner läßt uns allein. Das ist der beste Augenblick für meine Frage. Ich sage: »Liza, wer ist Melampo? Erinnerst du dich?«

Und Liza: »Aber natürlich. Ein Hund. Hieß er Melampus oder Melampo? Oder Melamptha ?«

Sie steht auf: »Ich habe überhaupt keinen Hunger. Ich möchte lieber an den Strand.«

Der Badestrand ist fast leer. Wir haben unsere Taschen auf einem der Betontische abgestellt, die für Picknicks bereitstehen. Das Meer ist grau, die Wellen ganz kurz. Aber es ist warm.

Und als ich dann am Ende unserer bitteren Auseinandersetzung voll Wut meinen Stock ins Wasser geworfen habe, hat sich Liza Baldwin hineingestürzt, um ihn herauszuholen.

Ich sehe die Szene genau vor mir, versuche sie zu rekonstruieren:

Liza holt aus ihrer Tasche eine Sonnencreme und reibt sich damit Arme, Gesicht und Hals ein. Ich zünde mir eine Zigarette an. Wir gehen am Strand entlang. Liza Baldwin voraus, ich folge ihr, auf meinen Stock gestützt, über die glatten Steine. Wir sind bereits müde.

Liza hebt eine Muschel auf. Ich einen Seestern. Ich lasse ihn wieder fallen. Ich bin auf der Suche nach dem rechten Moment, um ihr zu sagen, daß ich weg will.

Liza bleibt erneut stehen und wartet auf mich. Als ich neben ihr bin, sagt sie: »Ich will weg.«

Ich hatte sie zuerst so verstanden, daß sie heimfahren wolle. Ich war nicht darauf gefaßt, daß sie es wäre, die mich bitten würde, Schluß zu machen, und für einen Augenblick fühlte ich die gleiche verzweifelte Genugtuung wie damals, als ich die Sendung des Verlegers öffnete und sah, daß er mir das Manuskript zurückgeschickt hatte.

Liza sagt: »Wir haben ein paar schöne Monate miteinander gehabt. Fast zu schöne. Mehr können wir uns jetzt nicht mehr erwarten. Besser, sie gleich zu begraben und nicht zu warten, bis sie verfaulen. Im Grunde bin ich noch jung und kann neu anfangen – mit einem Mann, der zu mir paßt.«

Es waren nur drei Familien in der Nähe, niemand badete. Ich sah vor mir die ferne Silhouette von Long Island. Und dann plötzlich eine Fotografie, vor vielen Jahren an einem Strand aufgenommen: meine Mutter, die angekleidet im Sand sitzt, ich neben ihr, und im Hintergrund ein gleiches Meer mit kurzen, grauen Wellen. Und andere Fotografien, von zwei hübschen, lächelnden jungen Mädchen mit Strohhüten, auf einer Düne: meine Schwestern, die ich gern gehabt habe.

Ich sage: »Den hast du schon gefunden, stelle ich mir vor.«

Die Kindheit ist der einzige Ort, den zu verlassen uns nicht gelingt.

»Oh«, sagt Liza Baldwin, »das spielt keine Rolle. Jedenfalls einen in meinem Alter. Ich will sagen, keinen alten.«

»Wir lieben uns nicht mehr«, sage ich, »du liebst mich nicht mehr.«

»Nein«, bestätigt sie schlicht. »Und ich hasse dich auch nicht. Du machst mich nur traurig.«

Ich empfand es wie einen Fausthieb in den Magen. Das Altwerden ist eine Realität, die einem mitgeteilt werden muß, von selbst kommt man nie darauf. Man kann es für Müdigkeit, für Überdruß halten, auch für eine Verfeinerung des Geschmacks, der Art und Weise, das Leben aufzufassen: sich zurückziehen, allein sein, lesen und nochmals lesen, sich weise fühlen. Und doch habe ich den Stock erhoben, um sie zu schlagen – als gekränktes Männchen, weil ich nichts anderes zu sagen wußte.

Ich konnte mich gerade noch zurückhalten; sie sagte voll Haß: »Jetzt reicht es, du bist erbärmlich.«

Wütend ging sie davon, weiter den Strand entlang.

Ich holte sie ein: »Laß mich mit dir reden.«

»Es gibt nichts mehr zu reden. Die Sache ist beschlossen.« Aber sie bleibt stehen, schwankend.

»Auch ich habe mich entschlossen. Ich war im Begriff, es dir zu sagen, als du davon anfingst. Auch ich will nicht mehr zu dir zurück.«

Ich hob einen Stein auf und warf ihn ins Wasser. Sie blieb reglos stehen, um mir zuzuhören. Ich wußte nicht, was ich sagen sollte. Ich redete von ihr, von mir, ein wirres Durcheinander. Und Liza Baldwin stand da und hörte zu, als ob das Ganze sie zwar nichts mehr anginge, sie aber doch eine unangenehme Geschichte auf höfliche Weise zu Ende bringen wolle. Ich malte mit dem Stock Zeichen in den Sand, die die Wellen immer wieder auslöschten. Ich sah Liza nicht mehr an, ich war wütend über mich selbst, über diesen ganzen absurden Trümmerhaufen, der da auf mich einstürzte. Und Liza Baldwin starrte ebenfalls auf den Stock.

Ich sagte noch: »Daß du genauso entschlossen bist wie ich, macht die Sache leichter. Ich bin ein alter Mann, das stimmt, und nun laß mich dir sagen, daß deine schamlose Jugend etwas Geiziges, Kleinliches, Mißgünstiges hat. Du bist wie all die andern, überspannt, ein Produkt der Reklame, alle gleich, und wenn ich mit dir zusammengelebt habe, dann nicht wegen deiner unerschütterlichen Selbstgefälligkeit, wegen deines Snobismus, sondern weil du damals unsicher warst, voller Schuldgefühle, verletzt, älter als ich, reif für die Verzweiflung – aber lebendig, großzügig, frei. Und jetzt kannst du gehen. Ich werde nicht mehr nach Hause kommen, ich schicke jemanden, der meine Sachen holt.«

In diesem Augenblick habe ich meinen Stock ins Wasser geworfen. Und Liza Baldwin hat sich ins Wasser gestürzt, hinter dem Stock her, ihn gepackt und ihn mir zurückgebracht. Aber sie ließ sich nicht anfassen. Vielmehr bewegte sie sich wenige Schritte von mir entfernt, düster, argwöhnisch, auf der Linie eines gedachten Kreises, dessen Zentrum ich war, als ob sie darauf warte, von mir gefangen zu werden. Wieder Hund geworden, vielleicht …

Ich schrie: »Wohin willst du? Komm her! Melampo! Melamptha!«

Während meiner langen und gemeinen Rede hatte Liza Baldwin nie mich angesehen, sondern war ganz von dem Stock fasziniert, den ich bewegte, um wütend Zeichen in den Sand zu kritzeln. Bei dem Bauchklatscher ins Wasser hat sie den Strohhut und die Sonnenbrille verloren.

In einem gewissen Alter entdeckt man, daß eine Liebe alles zusammenfaßt und daß man unterschiedliche Hypothesen ein und derselben Person liebt oder, wenn euch das lieber ist, ein und dieselbe Hypothese unterschiedlicher Personen.

An diesen ersten Septemberabenden gehe ich gern auf die Veranda und schaue zu, wie die Sonne hinter dem gegenüberliegenden Hügel verschwindet. Nach und nach wird das Licht schwächer, die Schatten steigen auf und lassen Wiese und Hekke ineinander verfließen, und in der blauen Helle des Westens entfernt sich die Venus jeden Abend ein wenig mehr; später, im Osten, erhebt sich dann mühsam das letzte Mondviertel. Der Sommer verabschiedet sich mit seinen wunderbaren Vorkehrungen. In Abständen fahren Autopulks vorbei, die vom Bahnhof kommen. Ihre Lichter durchbohren die Hecke; diese fröhliche Heimkehr leistet mir ein wenig Gesellschaft. Man hört auch die fernen Stimmen von Kindern in der windstillen Luft und den Pfiff des weiterfahrenden Zuges. Die Erde dampft blau. Tau senkt sich herab, um die Sinne zu besänftigen; ich betrachte die Spitzen meiner gegen die Balustrade gekehrten Schuhe, bis das Dunkel auch sie verschlingt. Bleibt das Klirren der letzten Eisstückchen im Glas. Da beginnt Liza Baldwin Zeichen von Ungeduld von sich zu geben, schließlich steht sie auf und geht mir in die Küche voraus und setzt sich aufmerksam und ruhig hin, während ich das Abendessen richte. Wir verzehren es schweigend. Danach mache ich Ordnung und bereite die Thermoskanne Kaffee für die Nacht vor, für den unwahrscheinlichen Fall, daß ich an den Erzählungen arbeiten will. Es ist das vorletzte Ritual des Abends.

Das letzte sieht so aus: Ich sitze auf dem Sofa, mit einem Buch in der Hand und dem Glas auf dem Tisch daneben, Liza Baldwin streckt sich auf demselben Sofa oder auf dem Teppich aus. Manchmal, um meine Stimme zu hören, erzähle ich ihr von dem, was ich gerade lese; sie hört mir, ein Auge alarmiert geöffnet, zu, aber ohne zu bellen.

Heute abend las ich in einer Goethe-Biographie. 1808, in Erfurt, während dieses Kongresses, wollte Napoleon Goethe kennenlernen. Er hatte sogar einen Orden für ihn mitgebracht, den er ihm aber nicht überreichte. Hier der kurze Dialog der Begegnung:

NAPOLEON: *Je pense à Werther en vous regardant, Monsieur Goethe. Comme c'est beau, Werther … mais je dois avouer que je n'aime pas la fin.*

GOETHE: *Je pense que Votre Majesté ne doit pas aimer qu'un roman finisse.*

NAPOLEON: *Adieu, Monsieur.*

So seltsam es mir auch nach wie vor erscheint, man spürt etwas im Zimmer, das an den regelmäßigen Lauf des Glücks erinnert, im Warten auf die Abreise.

Vom Drehbuch zum Roman
Melampo und Melampus

»Durch einen jener Scherze, die das Schicksal für den Menschen bereithält, wenn er glaubt, die Türme der Weisheit in der Ferne zu erblicken, kommt ein Schriftsteller nach New York, das er kaum kennt, mit einer präzisen, professionellen Absicht: die Story zu einem Film zu schreiben.«

Die Ausgangslage (s.o. S.29) ist weitgehend autobiographisch: Ennio Flaiano, der als genialer Drehbuchautor Fellinis und anderer bedeutender Regisseure den italienischen Nachkriegsfilm entscheidend mitgeprägt hatte, schrieb zwischen 1966 und 1967, während eines längeren Amerika-Aufenthaltes, das Drehbuch zu einem Film, den er erstmals in eigener Regie drehen wollte. *About a Woman* lautete der Arbeitstitel, aus dem dann *Melampo* wurde.

Die Idealbesetzung des männlichen Protagonisten stand für ihn von Anfang an fest: Marcello Mastroianni, mit dessen Rollen in *La dolce vita*, *La notte* und *81/2* (Filme, an denen Flaiano wesentlichen Anteil hatte) die Figur des Giorgio Fabro manche Gemeinsamkeiten aufweist. Als Liza schwebte ihm Faye Dunaway vor, die er in *Bonnie and Clyde* gesehen hatte und die von *Melampo* ebenso spontan begeistert war wie Mastroianni. Schwieriger gestaltete sich jedoch die Suche nach einem Produzenten: Zwei Jahre lang zogen sich die Verhandlungen mit den verschiedensten Interessenten hin, acht Monate davon allein mit Carlo Ponti, der zwar die Rechte am Plot sofort kaufen, den Autor aber unter keinen Umständen als

Regisseur akzeptieren wollte. Umgekehrt hatte Flaiano Angst, daß unter Pontis Diktat *Melampo* zur bloß witzigen Komödie verkommen würde, womöglich mit Cary Grant und Audrey Hepburn als Hauptdarstellern, während er das Ganze als doppelbödige, beunruhigende Farce sah, in der es nicht zuletzt um die Ängste, die Einsamkeit und die Trostlosigkeit des modernen Individuums geht. »Ich will keine brillante Komödie drehen, und das *happy end* ist für mich kein *happy end*, sondern die Rückkehr zur Ausgangssituation, zur Schlange, die sich in den Schwanz beißt, zum geschlossenen Kreis und damit: zur Hölle«, heißt es in einem Brief vom 15. Juni 1968, und im darauffolgenden Oktober notiert Flaiano in seinem Notizbuch: »Ich will keinen ›harten‹ Film (in bezug auf die Schnitte, die Handlung etc.), sondern einen Film, der wie ein Konzert ist, eine Sonate, der ganz auf den Schauspielern basiert. Ich habe die Personen auf vier, fünf reduziert, die Massenszenen auf eine, eben deshalb: um den Schauspielern die ›Variationen‹ des Themas zu überlassen.« Und er war sich nicht einmal sicher, ob er den Film überhaupt in Farbe drehen wollte.

Immer wieder versucht Flaiano verzweifelt, seine präzisen Vorstellungen von seinem Film zu Papier zu bringen und zu verteidigen. Umsonst. »Ich weiß, daß Ponti die Story nicht so sieht, wie ich sie sehe, und daß er auch ihre Realisierung nicht so sehen würde wie ich«, schrieb er an seine Mitarbeiterin Lu Leone. »Als Produzent des Films könnte er weitere Drehbuchautoren hinzuziehen, um Szenen und Dialoge zu überarbeiten, er wäre nie mit der Schlußszene einverstanden (hast Du je einen Produzenten gesehen, der mit der Schlußszene einverstanden war?), und er würde mich zwingen, einen Teil meiner Kräfte, oder auch alle, vom Film abzuziehen, um mich sowohl gegen seinen Einfluß als auch gegen den Eifer seiner Mitarbeiter zu wehren. Ich weiß genau, wie diese Dinge laufen. Der Produktionsleiter, der nicht den Film verteidigt, sondern die Präsenz des Produzenten im Film.«

»Ponti und der *Melampo* haben mich an den Rand des Grabes gebracht«, äußerte er später gegenüber Lu Leone – prophetische Worte leider, denn Anfang 1970 erlitt Flaiano seinen ersten Herzinfarkt, dem im November 1972 dann der zweite, tödliche folgen sollte.

Was seinen Film anging, so war er nach 1970 zu müde, um noch weiterzukämpfen. »Suchen Sie sich einen Regisseur«, sagte er im Sommer 1971 zu Cathérine Deneuve, die er inzwischen, an Stelle der aus Termingründen verhinderten Faye Dunaway, für die Rolle der Liza hatte gewinnen können, und der Regisseur wurde schließlich gefunden: Marco Ferreri, der kurz darauf seinen Film *La cagna* (Die Hündin, Titel der deutschen Fassung: »Allein mit Giorgio«) drehte, mit Marcello Mastroianni und Cathérine Deneuve in den Hauptrollen (die über dieser Zusammenarbeit auch zu einer privaten Beziehung fanden). Allerdings ging Ferreri äußerst frei mit der Vorlage um, hielt sich nicht an das Drehbuch (von dem er behauptete, es gar nicht gelesen zu haben), sondern ließ sich lediglich von dem inzwischen erschienenen kleinen Roman *Melampus* inspirieren. »Im Vergleich zu *Melampo* ist *La cagna* ein bittererer, böserer, modernerer Film«, erinnert sich Mastroianni, »wie es eben der für diesen Regisseur typischen Auffassung entspricht. Und nachdem ich einer der überzeugtesten Befürworter von Flaianos Projekt gewesen war, fand ich mich plötzlich in der komischen Situation, mich mit der gleichen Begeisterung für den Film einzusetzen, den Ferreri frei danach gedreht hat.«

»Ich bin ein Zyniker, der an seine Arbeit glaubt«, schrieb Flaiano damals an seine Mitarbeiterin, und wie sehr er an seinen *Melampo* glaubte, beweist die Tatsache, daß er sich nach den enttäuschenden Erfahrungen mit der Filmbranche entschlossen hatte, den Stoff zu einem Prosawerk umzuarbeiten, das 1970, jetzt unter dem Titel *Melampus*, zusammen mit Flaianos Erzählung *Oh Bombay!* in dem Band *Il gioco e il massacro* (Das Spiel und das Massaker) im Verlag Rizzoli, Mailand erschien (als Einzelausgabe dann 1974 in der Reihe BUR desselben Verlags). Das Drehbuch *Melampo* erschien dagegen erst 1978 bei Einaudi, Turin, mit Flaianos Notizen zum Film und einem informativen Nachwort von Aldo Tassone.

Aus dieser erzählerischen Umarbeitung des Stoffes ist jedoch ein völlig neues Werk entstanden. Um die zentrale Liebesgeschichte zwischen Liza und Giorgio, die das Filmsujet bildete, rankt sich nun eine Fülle von Betrachtungen, Beschreibungen, Episoden. Es ist mehr Raum für Autobiographisches, für das Reflektieren eigener Beziehungen, und auch die deprimierenden Erfahrungen der zurückliegenden Monate finden ihren melancholischen Niederschlag. Die Form eines Arbeitstagebuchs von Giorgio Fabro erlaubt Flaiano die Einfügung von Gedanken und Ideen, die er in seinem eigenen von Oktober 1968 bis Mai 1969 geführten Notizbuch festgehalten hatte. Und sie ermöglicht ihm den Wechsel zwischen den literarischen Genres, die Verschiebung der Perspektiven (den Sprung von der ersten in die dritte Person, von einem Tempus in das andere) sowie die Verwendung und Adaption von Materialien, die für andere Gelegenheiten geschrieben wurden (beispielsweise die beiden lyrischen Einschübe, die dem Zyklus *La spirale tentatively* entstammen).

Mit *Melampo* beschloß Flaiano endgültig seine Tätigkeit für den Film. Einem französischen Regisseur, der ihn fragte, ob er nichts für ihn habe, antwortete er, es sei nutzlos geworden, Drehbücher und Plots für Filme zu schreiben, die dann nicht realisiert würden. »Jetzt ziehe ich es vor, Erzählungen zu schreiben, das befriedigt die Eitelkeit mehr, und man braucht sie nicht zu verkaufen und auch nicht ständig umzuarbeiten.«

Ganz stimmt das zwar nicht, denn auch bei *Melampus* hat Flaiano verschiedene Fassungen angefertigt und – auf Betreiben des Verlegers – einige Kürzungen vorgenommen: neun Passagen von unterschiedlicher Länge, die sich jedoch fast ausschließlich auf marginale Episoden beziehen und nichts mehr mit der eigentlichen Geschichte zu tun haben. Da es zudem nicht möglich war, ihren Platz innerhalb des Gesamttextes eindeutig festzulegen, hält sich die vorliegende Übersetzung an die zu Lebzeiten des Autors erschienene Fassung. (Die der Kürzung zum Opfer gefallenen Passagen sind im Anhang von Band I der *Opere* von Ennio Flaiano, hg. von Maria Corti und Anna Longoni, Bompiani, Mailand 1990, enthalten.)

Doch noch einmal zurück zu den Ursprüngen des Romans *Melampus*, dem Drehbuch *Melampo*: »Tatsächlich sind der *Melampo* und *La cagna* zwei völlig verschiedene Dinge, und von Flaianos Sujet könnte man noch einen anderen wunderschönen Film drehen«, meinte Marcello Mastroianni; und Flaianos Freund Aldo Tassone beschließt sein Nachwort zum Drehbuch mit den Worten: »Wir warten darauf, daß dieses beunruhigende moderne Märchen eines Tages von Antonioni, von Buñuel verfilmt wird.« Oder auch von einem Jüngeren, noch Unbekannten. Warten wir also.

Ragni Maria Gschwend

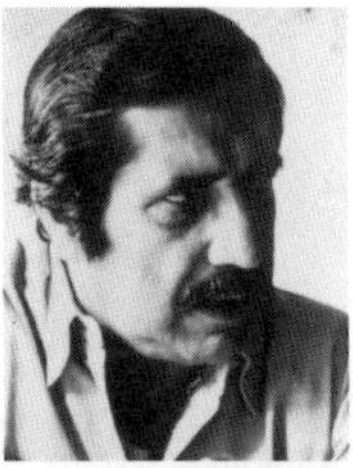

Ennio Flaiano, 1910 in Pescara geboren, arbeitete als Journalist, Filmkritiker und als Drehbuchautor für die großen italienischen Regisseure, darunter mehrfach für Fellini (*La dolce vita*, *8 ½*). Für seinen Roman *Tempo di uccidere* wurde er 1947 mit dem erstmals vergebenen Premio Strega ausgezeichnet. Flaiano starb 1972 in Rom.

Lesen Sie außerdem …

Antonia Kerr *Blumen für Zoë*

Ein französisches Roadmovie in den Vereinigten Staaten: Nostalgischer 60-jähriger verliebt sich unrettbar in 22-jährige Lolita. Ein frecher, junger Blick auf eine nicht unübliche Begebenheit.

»Einer der vielversprechendsten Romane dieses Herbstes.«

L'Express

Aus dem Französischen von Jutta Schiborr
WAT 662. 144 Seiten

Joseph Kessel *Belle de Jour*

Von verbotenen erotischen Phantasien durch die Stadt getrieben, landet Séverine im Etablissement von Madame Anaïs und beginnt dort unter dem Namen »Belle de Jour« als Prostituierte zu arbeiten.

Aus dem Französischen von Karl Stransky, durchgesehen und ergänzt von Susanne Farin und Michael von Killisch-Horn
WAT 658. 192 Seiten

Françoise Sagan *Lieben Sie Brahms …*

Bei seinem Erscheinen war der Roman über die Liebe der fast 40-jährigen Paule zu einem 15 Jahre jüngeren Mann eine Provokation. Heute ist er ein Klassiker der französischen Unterhaltungsliteratur.

Aus dem Französischen von Helga Treichl
WAT 664. 144 Seiten

Italienische Literatur bei Wagenbach

A Casa Nostra Junge italienische Literatur

Was haben sie uns heute zu erzählen, die jungen italienischen Autoren? Schreiben sie über politische Zustände oder ziehen sie sich ins Private oder Lokale zurück? Die spannende Bestandsaufnahme eines überfälligen literarischen und gesellschaftlichen Aufbruchs in ein anderes Italien.

Herausgegeben von Paola Gallo und Falia Oggero
Quart*buch*. Gebunden. 208 Seiten

Amara Lakhous *Krach der Kulturen um einen Fahrstuhl an der Piazza Vittorio*

Mord an der Piazza Vittorio! Ein Verbrechen soll aufgeklärt werden, aber vor allem entfaltet sich zwischen den Marktständen und in den Treppenhäusern der Palazzi ein vielstimmiges Portrait des römischen Lebens.

Aus dem Italienischen von Michaela Mersetzky
WAT 608. 160 Seiten

Alberto Moravia *Der Ungehorsam*

Die Geschichte eines Jungen, der seine Eltern, die Schule, seine Freunde und die ganze Welt unerträglich findet. Er beschließt, in den Tod zu fliehen – und landet mitten im Leben.

Aus dem Italienischen von Lida Winiewicz
WAT 645. 144 Seiten

Andrea Camilleri *Der geraubte Himmel*

Die Liebe zur Kunst und die Liebe zu einer mysteriösen Dame gehen bei Camilleri eine vertrackte und später höchst gefährliche Verbindung ein. Der Kommissar ermittelt …

Aus dem Italienischen von Christiane von Bechtolsheim
SVLTO. Rotes Leinen. Fadengeheftet. 120 Seiten